# The Graveyard Book

# 欧文斯的家

[英] 尼尔·盖曼 著

杨 蔚 译

天津出版传媒集团

天津人民出版社

果麦文化　出品

在，我写的是为人父母，是为人父母的最根源的、喜剧性的悲剧：如果你尽了父母之责，把孩子养育得很好，他们将不再需要你。如果你做到了一个合格父母该做的事，他们就会离开，拥有他们自己的人生，自己的家庭，自己的未来。

孩子需要家的温暖却终将离开家，父母给予孩子爱却终将目睹孩子离开，这是根本性的悲剧。学会放手是父母们的必修课，而学会接纳父母的不完美是孩子的必修课。对于阿不来说，养母欧文斯太太能为他做的非常有限，她是幽灵，不能离开墓地，不能为阿不提供衣服和食物以及其他生活的必需品，但她给了阿不姓氏，也给了阿不一个家，并为他唱过很多次摇篮曲。监护人塞拉斯为阿不提供食物、衣服，并教他知识，但却时常缺席。有时候，阿不认为塞拉斯为他做的还不够，"如果塞拉斯那时候就把他杀了，我现在就安全了，哪儿都可以去。"有时候，阿不又认为塞拉斯管的太多了，他禁止阿不去学校，希望能保护他百分之百安全。我相信，阿不的心理并不例外，或许每个孩子都冒出过类似的念头，既希望父母什么都满足自己，又希望父母不要老是管着自己。最后，塞拉斯意识到，父母不能以保护为名义干涉孩子尝试新事物的自由，而阿不也学会了接受他的父母和监护人不是万能的，总有一些恐惧需要他自己去克服。在名为成长的旅途中，改变的不仅仅是阿不。

成长的最后一步，是告别，告别熟悉的家人，告别温暖的坟场，走向广大而陌生的世界。阿不渐渐看不见幽灵朋友们，而亲人也选择了祝福和放手，母亲的歌声伴着阿不踏上崭新的旅途，去度过属于他自己的精彩一生。尽管坟场的童年被抛在身后，但幽灵家人们的爱将永远陪伴着阿不，成为他的力量之源。

# 穿越生死的成长之旅

## 《欧文斯的家》导读

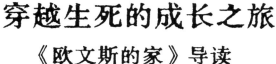

上海师范大学人文学院讲师　王越

　　尼尔·盖曼在2008年出版了长篇小说《欧文斯的家》(*The Grave-yard Book*)，这部作品为他赢得了英国的卡内基儿童文学奖和美国的纽伯瑞儿童文学奖，这是这两个英美最重要的儿童文学奖项首次颁发给同一本书。《欧文斯的家》还赢得了世界科幻大会颁发的雨果奖最佳长篇小说，以及由《轨迹》杂志订阅者选出的最佳青少年图书奖。这意味着这部作品既得到了儿童文学领域的认可，也得到了奇幻和科幻文学领域的认可。尼尔·盖曼既为成人写作也为儿童写作，在全世界拥有无数读者，这部书可以说是他最好的作品之一。那么它的魅力到底在哪里呢？

骨头咔嗒咔嗒

敲着石头啪啪

一个小小贫儿

不是谁都有家


　　　　　　—— 英国童谣

# 1

## "不是谁"进了坟场

　　黑暗中伸出一只手，手上握着一把刀。

　　刀柄锃亮、乌黑，是骨头做的。刀刃又薄又利，胜过这世上所有的尖刀。如果它划过你的身体，你甚至不会察觉——起码不会当场反应过来。

　　这把刀已经差不多完成了它来到这栋房子的使命，刀刃和刀柄都湿漉漉的。

　　房子的大门虚掩着，开了一条缝，刚好够这把刀和拿刀的人侧身溜进来。如今，几缕夜雾袅袅绕绕，透过门缝悄悄地往这屋子里钻。

男人杰克在楼梯转角处停下脚步，左手从黑色外套的口袋里抽出一条白色大手帕，擦了擦戴着手套的右手和右手中握着的刀。然后，他扔掉手帕。猎杀已经到达尾声。女人被留在了她自己的床上，男人躺在卧室地板上，大一些的孩子在她五彩缤纷的卧室里，身边堆满了玩具和做到一半的手工模型。就只剩下一个小的了，一个小婴儿，才刚刚开始学走路。就差这一个，他的任务就完成了。

他活动了一下手指。男人杰克是职业的，或者说，他一向这么自诩，这很重要，因此，在任务完成之前，他是不会允许自己露出笑容的。

他的头发是黑色的，眼睛是黑色的，手上戴着最薄、最软的黑色羊羔皮手套。

婴儿房在这栋房子的顶楼。男人杰克继续上楼，脚步落在地毯上，没有一丝声响。他推开阁楼房间的门，走进去。他穿着一双黑皮鞋，擦得锃亮，好像两面深色的镜子，你能看到鞋面上映出月亮的倒影，小小的、半圆的月亮。

　　真正的月亮透过窗户照进来。不太亮，雾气为它蒙上了一层纱，但男人杰克不需要太亮。这点月光足够了。没有问题。

　　他能分辨出婴儿床上孩子的轮廓，头、四肢和躯干。

　　婴儿床的围栏很高，以免孩子翻出来。男人杰克弯腰凑过去，举起右手，就是握刀的那一只，对准了孩子的胸膛……

……可很快，他又把手放了下来。婴儿床上的那个轮廓是一只泰迪熊。没有孩子。

男人杰克的眼睛已经适应了暗淡的月光，所以他并不打算开灯。毕竟，光亮没有那么重要。他还有其他手段。

男人杰克嗅了嗅空气里的味道，略过自己带进房间的气味，排除可以放心忽略的气息，集中精神分辨自己要找的那个味道。他能闻到那孩子的味道：奶味的，有点像巧克力豆饼干，外加一股潮乎乎的一次性纸尿裤的尿臊味。他能闻到那婴儿头上的洗发水味，还有一个小小的东西，橡胶材质，那小孩随身带着——玩具，他琢磨着，然后转念一想，不，是个可以吸的东西。

那小孩刚刚还在这里。刚离开没多久。男人杰克跟随鼻子的指引下楼，穿梭在这栋又高又瘦的房子中间。他搜查了浴室、厨房、烘干衣橱，最后来到楼下的门厅。这里放着这家人的几辆自行车，一摞空购物袋，地上躺着一条掉落的纸尿裤，街上的夜雾丝丝缕缕地从开着的门缝往屋里钻。除此以外，他什么也没看到。

男人杰克轻轻嘟囔一声，半是沮丧，半是满意。他收起刀，插回长外套内袋的刀鞘里，出门走到街上。外面有月光，有路灯，只是雾气笼罩了一切，暗淡的光亮，模糊的声音，让这夜晚变得幽暗诡谲起来。他往山下看了看，还有店铺亮着灯，但已经打烊了。又顺着道路往山上看去，前面还有几栋高屋沿着山坡立在路边，再上去就是黑黢黢的老坟场了。

男人杰克朝着空中嗅了嗅，不紧不慢地往山上走去。

自从这孩子开始学走路，他的父母是既高兴又苦恼。从没见过哪个小孩这么好动，这么能爬上爬下，钻进钻出。这天夜里，他被楼下不知什么东西掉在地上的声音惊醒，睁开眼睛躺了一会儿就觉得无聊了，于是开始想法子下床。床边的围栏很高，就像楼下他玩耍的游戏圈栏一样。不过，他有信心翻过去，只要有个能踩的东西……

他把那只大大的金色泰迪熊拖到围栏角落，然后伸长小手，抓住护栏栏杆，一只脚踩在熊腿上，另一只脚踩住熊头，用力拉着栏杆一蹬，站了起来。下一步，便是爬上横杆翻过去，逃出婴儿床。

一声闷响，他落在一堆毛茸茸的玩具上。这堆毛绒玩具，有的是姐姐以前玩的，还有不少是亲戚们送的生日礼物——他的一周岁生日，才过去不到六个月。落地时他吓了一跳，但没有哭。毕竟一旦听到哭声，他们就会过来，把他放回婴儿床上。

他爬出了房间。

往上走的楼梯有点麻烦，他还不能完全征服它们。不过，他早就发现了，往下会简单很多。他可以坐下来，用包着厚厚纸尿裤的屁股一级一级地往下挪。

他吮了吮奶嘴，一个安抚情绪的橡胶小玩意儿。妈妈刚在几天前说，他已经大了，不该再用这东西。

纸尿裤在他一路坐着下楼梯的过程中松开了。当他成功抵达最后一级台阶，在小门厅里站起来时，纸尿裤掉了下来。他抬脚跨出去。现在，他身上就只有一件儿童睡衣了。无论回房间还是去找爸爸妈妈，楼梯都太陡，倒是房门开着，外面就是街道，很诱人……

这孩子犹犹豫豫地走出了家门。夜雾仿佛一个许久未见的老朋友，绕着他打转。男孩摇摇晃晃地朝山上走去，一开始还有些迟疑，接着便越走越快，越走越坚定。

越接近山顶，雾气越稀薄。半轮月亮挂在天空，虽然不像白天那么亮堂，但也足够看清坟场的情形，这是没有问题的。

看吧。

你能看到废弃的墓地小教堂和挂锁的铁门。教堂尖塔的外墙上爬满了常春藤，塔顶的排水槽里长出了一棵小树。

你能看到石像、隆起的坟墓、平地的墓穴和刻字的墓碑。时不时有兔子或田鼠或黄鼠狼从灌木丛里窜出来，飞快地跑过坟场小路。

如果你在那一晚来到这里，看到的就会是这幕月光下的景象。

但你大概不会看到，在靠近坟场大门的小路上还有一个丰腴苍白的女人。就算看见了，等你再仔细多看一眼就会发现，那只是月光、雾气和影子带来的错觉罢了。不过，那个丰腴苍白的女人的确在那里。她走在一条小路上，蜿蜒的小路从一堆东倒西歪的墓碑间穿过，一直通到大门口。

坟场大门紧锁着。每到冬天，这儿下午四点就上锁，夏天是八点。坟场外一半围着带尖刺的铁栅栏，一半砌着高高的砖墙。铁门的栏杆排得很密，成年人是钻不过去的，就连十岁的小孩都不行……

"欧文斯！"苍白的女人扬声招呼，这声音可能会被认作是刮过长草的一阵风，"欧文斯！快过来，看这个！"

她蹲下来，眯缝起眼睛看着地上的什么东西。一片阴影飘过来，遮住了月光，原来是个头发花白的男人，四十五六岁的样子。他低头看了看妻子，然后顺着她的视线望过去，挠了挠头。

"欧文斯夫人？"男人用语恭敬，毕竟他生活的年代比我们现在更讲究礼数，"是我看错了吗？"

就在这时，他正仔细打量的那东西像是看到了欧文斯夫人，小东西张开嘴，连一直咬着的橡胶奶嘴都掉到了地上。紧接着，一只肉嘟嘟的小拳头向前伸出来，像是要不顾一切地抓住欧文斯夫人苍白的手指。

"真叫人吃惊，"欧文斯先生说，"那不会是个婴儿吧？"

"当然是个婴儿。"他的妻子说，"问题是，我们该拿他怎么办？"

"我得说，这可真是个问题，欧文斯夫人。"她的丈夫说，"不过，不是我们的问题。毫无疑问，这个孩子还活着，那就和我们没有关系，他不属于我们的世界。"

"看啊，他笑了！"欧文斯夫人说，"他笑得多甜啊。"她伸出虚幻的手，摸了摸孩子薄薄的金色头发。小男孩高兴得咯咯直笑。

一阵微凉的风吹过坟场，吹散了山坡低处的雾气（这片坟场占据了整个山头，里面的小路随着山坡上上下下，蜿蜒穿梭）。"哐啷！"一阵响声传来，有人在外面摇晃大门，晃得古老的铁门、沉重的挂锁和上面的铁链哗啦啦地响。

"好了，"欧文斯说，"这孩子的家人来了，来把他带回母亲亲爱的怀抱。把这小家伙留在这儿吧。"最后一句是额外加的，因为欧文斯夫人已经用她虚幻的胳膊抱住了婴儿，爱抚地哄着他。

欧文斯夫人说："那个人吗？看起来可不像有家的人。"穿黑色外套的男人已经放弃了大门，这会儿正在尝试从侧边的小门进来。小门也锁得严严实实——去年有人故意跑来坟场搞破坏，市议会就采取了一些措施。

"来吧，欧文斯夫人。别管了。那儿有个……"欧文斯先生话还没说完，就被眼前突然出现的鬼魂惊得张大了嘴，忘了自己原本想说什么。

你也许会觉得，欧文斯先生见到鬼魂不该是这样的反应。这么想也没错，毕竟，欧文斯夫妇自己都已经死了几百年了，更别说他们的所有（或者说几乎所有）社交生活都是和同样死了的人打交道。可是，坟场居民和眼前这些还是不一样的。眼前这几个灰色人形，就像信号不好的电视屏幕那样闪烁着，抖动着，一派惊慌失措，所有的情绪都赤裸裸地涌向欧文斯夫妇，简直像是从他们自己心里冒出来的情绪一样。那是三个人影，两个大的，一个小的，但只有一个还算清楚，另外两个都只是明灭闪烁的轮廓。那个人影在说："我的宝贝！他要伤害我的宝贝！"

"哐啷"一声巨响传来。外面的男人拖着一个沉甸甸的金属垃圾桶穿过小路，正朝着靠近坟场这边的高大砖墙走来。

"保护我的孩子！"那鬼魂说。欧文斯夫人觉得那是个女人，毫无疑问，她是这孩子的母亲。

"他对你们做了什么？"欧文斯夫人问。她不确定那鬼魂能不能听到她说话。刚去世不久的可怜人哪，她心想。温和的死亡总是更容易些，在恰当的时间从安葬的地方醒来，慢慢接受死亡，一点点和周围的居民熟悉起来。可眼前这个显然不是这样，她浑身上下都弥漫着惊恐和慌张，满心记挂的都是她儿子的安危。在欧文斯夫妇看来，她的恐慌就像一种低频的尖叫，十分引人注目。坟场各处都有苍白的影子纷纷冒出来。

"你是谁？"凯乌斯·庞培问那人影。他的墓碑饱经风霜，如今只剩下一块残缺的石头，可在两千年前，他是自己要求葬在大理石圣坛旁那个土丘下的，不肯让人将遗体送回罗马。他是这个坟场最老的居民之一，对待自己的职责极度认真。"你是葬在这里的吗？"

"当然不是！看她这样子，是刚死的。"欧文斯夫人抬手揽住那女人模样的影子，悄声安抚她，语气低沉，平静而理智。

靠近小路的高墙边传来一声沉重的闷响。垃圾桶翻倒在地。一个男人爬上墙头，在雾蒙蒙的路灯下映出黑色的轮廓。他停了会儿，然后才翻身从另一边下墙。他双手攀住墙头，双腿悬空，然后手一松，跳下最后几英尺的高度，落在坟场的地面上。

"可是，亲爱的，"欧文斯夫人对三个人影中唯一还没消失的母亲说，"他是活人，我们不是。你能想象……"

那孩子一脸懵懂地抬起头，望着她们。他伸手想去抓她们，先朝一个伸出手，然后是另一个，可除了空气，他什么也碰不到。女人的影子开始飞速消散。

"好的。"欧文斯夫人应着，虽然没有人听到她答应了什么，"我们会尽力而为。"说完，她转向站在一旁的男人："你怎么说，欧文斯？你愿意做这个小家伙的父亲吗？"

"我愿意什么？"欧文斯先生蹙起了眉头。

"我们没有孩子，"他的妻子说，"而他的母亲希望我们保护他。你愿意答应吗？"

穿黑色外套的男人被纠缠的常春藤和残破的墓碑绊倒了。他站起来，走得更加小心翼翼，但还是惊动了一只猫头鹰。猫头鹰默不作声地张开翅膀，冲天飞起。他看到了那孩子，眼里闪现出胜利的寒光。

每当妻子用这样的语调说话，欧文斯就知道她在想什么。从生前到死后，他们相伴走过的二百五十多年可不是白白度过的。"你确定吗？"他问，"想好了？"

"想好了，再清楚不过了。"欧文斯夫人说。

"那就行。如果你要当他的母亲，那我就是他的父亲。"

"听到了吗？"欧文斯夫人问那还坚持留在坟场里的暗淡影子。此刻，它只是勉强维持着一个轮廓，就像夏日天边一道形如女人的闪电。影子对欧文斯夫人说了句什么，其他人都没能听见，然后它就消失了。

"她不会再来了。"欧文斯夫人说，"下一次，她就该在自己的坟场或者她会去的其他地方醒过来了。"

欧文斯夫人俯下身子，对那小婴儿张开了双臂。"来吧，"她说，声音很温暖，"到妈妈这儿来。"

在男人杰克的眼里——他正穿过坟场，沿着小路朝这边走来，刀已经拿在了手里——就像是一阵雾气卷过，月光下便没了那孩子的踪迹。只剩下湿润的雾气、月光和轻轻摇曳的野草。

他眨眨眼睛，朝空中嗅了嗅。刚才一定发生了什么，可他毫无头绪。他从喉咙深处发出一声低吼，好像一头愤怒又挫败的猛兽。

"有人吗？"男人杰克喊道，心想那小孩是不是刚好跑到什么东西背后去了。他的声音阴沉、粗哑，带着古怪的尾音，像是惊讶或困惑于听到自己的说话声。

坟场保守着它的秘密。

"有人吗？"他又叫了一声。他期待听到婴儿的哭声，只言片语，或是随便什么动静，却没想过真的能听到有人说话。那是一个丝一般柔滑的声音。

"需要帮忙吗？"

男人杰克很高。这个人更高。男人杰克一身黑衣。这个人的衣服更黑。男人杰克不喜欢在工作时被人撞见，凡是看到他的人，多半不会好过，至少也得吓个半死。可现在，男人杰克抬头看着这个陌生人，感到不安的反而是他自己。

"我在找人。"男人杰克说着，右手悄悄收回外套口袋里。这样刀就藏了起来，可一旦需要，随时都能抽出来。

"大晚上的，在上了锁的坟场里？"陌生人说。

"只是个小婴儿。"男人杰克说，"我刚才路过，听到有婴儿在哭，隔着铁门看了一下，还真看到了。你说，遇到这样的事能怎么办呢？"

"我很赞赏你的好心。"陌生人说，"不过，就算找到了孩子，你打算怎么带出去？抱着个婴儿可没办法再翻墙出去。"

"我准备大声喊叫，一直喊到有人来放我出去。"男人杰克说。

一串沉甸甸的钥匙叮当作响。"啊，那应该就是我了。"陌生人说，"还得是我来放你出去。"他从钥匙圈上挑出一把大钥匙说："跟我来。"

男人杰克跟在陌生人后面，从口袋里抽出了刀。"这么说，你是这里看门的？"

"我吗？当然，可以这么说。"陌生人回答。他们正朝大门的方向走去，男人杰克确信婴儿还在坟场里。好在这个看门人有钥匙。只要摸黑一刀，问题就都解决了。他可以有一整夜的时间慢慢找那孩子——如果真的需要这么久的话。

他举起了刀。

"就算真有那么个婴儿，"陌生人头也不回地说，"那也不可能在坟场里。你弄错了吧。毕竟，一个婴儿，怎么会自己跑到这儿来。你听到的多半是什么夜鸟的叫声，看到的嘛，说不定是只猫，也可能是狐狸。你知道的，三十多年前，差不多就是最后一次葬礼前后的事情吧，他们把这地方划成了自然保护区。再仔细想一想，告诉我，你真的确定那是个孩子吗？"

男人杰克琢磨起来。

陌生人打开坟场大门的锁。"狐狸吧。"他说，"它们总会折腾出些奇怪的动静，倒也有些像人的哭声。你错了，先生，你不该到这个坟场来。你要找的孩子在别的地方等着你，不在这里。"他让这个想法在男人杰克的脑子里多停留了一会儿，然后才优雅地拉开大门。"很高兴见到你。"他说，"相信你会在外面找到你想要的一切。"

男人杰克站在坟场大门外。陌生人站在门里，重新上锁，拔下钥匙。

"你要去哪儿？"男人杰克问。

"这里还有别的门。"陌生人说，"我的车停在山的那头。不用管我。这场对话也不必记得。"

"是的，"男人杰克愉快地说，"我不会记得。"他只记得自己上山逛了逛，记得自己误把一只狐狸看成个孩子，记得有个热心的看门人送他回到街上。他把刀插回内鞘。"那么，"他说，"晚安。"

"晚安。"被杰克当成看门人的陌生人说。

男人杰克朝山下走去，继续寻找那个小婴儿。

陌生人站在阴影里，看着杰克离开，直到看不见为止。然后他穿过夜色不断上行，来到山脊下的一片平地。这里立着一块方尖碑，地面上嵌着一块平地碑，纪念的是本地酿酒商人、政治家和后来的准男爵约西亚·沃辛顿。他在大约三百年前买下了这片古老的坟场和周围的土地，并且永久地捐赠给了这座城市。准男爵为自己保留了山头上最好的位置，这是一片天然的圆形露天剧场，能俯瞰全城，眺望更远处的风光。此外，他还确保了这座坟场永远都只能是坟场。对此，坟场居民都心怀感激，不过约西亚·沃辛顿准男爵总觉得他们应该更感激些才对。

大家都说这个坟场里住了差不多一万个幽灵，只是大多数都睡得很沉，没兴趣搭理这地方夜复一夜的琐事。眼下，披着月光站在这片露天剧场里的幽灵还不到三百个。

陌生人仿佛夜雾本身，悄无声息地加入他们中间。他在阴影里关注着事情的进展，没有出声。

约西亚·沃辛顿正在发言。他说："我尊敬的夫人啊，您也太固执了，真是……哦，您难道看不出这有多荒唐吗？"

"不，"欧文斯夫人说，"我看不出。"

她盘腿坐在地上，那个活人孩子在她怀里睡着了。她苍白的双手托着他的头，轻轻摇晃。

"请原谅，阁下，欧文斯夫人的意思是，"欧文斯先生站在妻子身边说，"她对这件事的看法不太一样。她把这看作了她的责任。"

当初大家都还活着的时候，欧文斯先生就见过约西亚·沃辛顿，事实上，他还为沃辛顿家位于英格沙姆近郊的庄园宅邸打过好几件精美的家具。直到现在，他对沃辛顿先生依然心怀敬畏。

"她的责任?"约西亚·沃辛顿准男爵摇了摇头,像是要甩掉黏人的蜘蛛丝一样。"夫人,您的责任所在是坟场,是这里摆脱了肉体的居民,灵魂、幽灵,诸如此类的精灵精怪。您真正应该做的,是赶紧将这个活着的生物还回他自己家去——反正不是这里。"

"是他妈妈把这孩子托付给我的。"欧文斯夫人说,似乎有这一句就足够了。

"我亲爱的女士……"

"我不是你亲爱的女士。"欧文斯夫人说着站起身来,"说真的,我都不知道为什么还要待在这儿跟你们这些老糊涂榆木脑袋说话。这孩子很快就要醒了,他会饿的。说起来,在这坟场里,我该上哪儿去给他找吃的?"

"问到点上了。你拿什么养他?怎么照顾他?"凯乌斯·庞培硬邦邦地说。

欧文斯夫人眼里快冒火了。"我能照顾好他,"她说,"就像他自己的妈妈一样。她已经把孩子托付给我了。看,我能抱住他,不是吗?我能碰到他。"

"理智点吧,贝琪。"屠夫妈妈说。她是个瘦小的老家伙,戴一顶硕大的软帽,披着斗篷,和下葬时的装扮一样,这一身原本就是她生前穿惯了的。"他要住在哪儿?"

"就这里。"欧文斯夫人说,"我们可以给他坟场自由行动权。"

屠夫妈妈的嘴张成了一个小小的"O"。"可是……"她卡了好一会儿,才说,"不可能。"

"为什么不可能?这又不是我们第一次把坟场自由行动权

给一个外人。"

"倒也确有其事。"凯乌斯·庞培说，"可那不是活人。"

听到这里，陌生人知道，不管乐意还是不乐意，他已经被拖下水了。无奈，他只好从阴影里走出来，就像一块从阴影中剥落的黑斑。"确实，"他承认，"我不是活人。不过我赞成欧文斯夫人的意见。"

约西亚·沃辛顿说："塞拉斯，你赞成？"

"我赞成。无论是出于好心还是恶意——我绝对相信是好心——欧文斯夫人和她的丈夫已经将这孩子纳入他们的庇护。不过，要养大这个孩子，仅仅靠一对好心的夫妇是不够的。这个，"塞拉斯说，"需要整片坟场齐心协力。"

"食物呢，还有其他问题要怎么办？"

"我能自由出入坟场。我可以为他带食物回来。"塞拉斯说。

"你能这样说真是太好了。"屠夫妈妈说，"可你这来来去去的，也没人能找得到你。要是你消失一个星期，这孩子可就饿死了。"

"您真是位富有智慧的女士。"塞拉斯说，"我明白为什么大家都这样推崇您了。"他没办法像对活人那样摆布亡者的想法，但还有恭维和劝服两大法宝可用，就算是死人，也对此毫无抵抗力。他迅速做出了决定。"很好。如果欧文斯夫妇决定做他的父母，那我就来当监护人好了。我会留在这里。如果需要离开，我会找人接替我照顾孩子，给他带吃的。我们可以使用小教堂的地窖。"

"可是，"约西亚·沃辛顿警告道，"可是。一个人类的孩子。活的孩子。我是说，我是说，我说真的！这里是坟场，不是托儿所，真见鬼。"

"没错。"塞拉斯点点头,"说得非常好,约西亚阁下。我自己也没法说得更好了。所以,就算不为别的,出于这一点考虑,孩子要在这里长大,最重要的是尽可能减少——请原谅我用词不当——对坟场生活的干扰。"说完,他从容地走到欧文斯夫人身边,低头看着她怀里沉睡的婴儿,一边的眉毛挑了起来。"他有名字吗,欧文斯夫人?"

"他母亲没告诉我。"她说。

"这样,好吧,"塞拉斯说,"反正原来的名字对他来说也没什么用了。外面还有那些对他不怀好意的家伙。不如我们来给他取个名字吧,怎么样?"

凯乌斯·庞培走过来,看了一眼孩子。"他有点像我的总督,马库斯。我们可以叫他马库斯。"

约西亚·沃辛顿说:"他看起来更像我的园丁主管斯特宾斯。要我说,不如就叫斯特宾斯。那家伙喝酒跟喝水一样。"

"他长得挺像我的侄子哈利。"屠夫妈妈说。眼看整个坟场都要加入进来了,每个居民都有一个很久没想起的熟人和这小婴儿有那么几分相像。欧文斯夫人打断了他们。

"他不是谁,就是他自己。"欧文斯夫人坚定地说,"他哪一个也不像。"

"那就叫'不是谁',"塞拉斯说,"不是谁·欧文斯。"

话音刚落,仿佛在回应这个名字似的,孩子睁大眼睛,完全醒了过来。他环视四周,目光扫过一张张亡者的脸,扫过迷雾和月亮,然后转向塞拉斯。他的眼里没有一丝畏怯,反而有些深沉。

"'不是谁'算个什么名字?"屠夫妈妈愤愤不平地说。

"他的名字。而且是个好名字。"塞拉斯回答,"能保他平安。"

"我不想惹麻烦。"约西亚·沃辛顿说。小婴儿抬头看着他，下一秒，或许是饿了，或许是累了，或许是想念他的家、他的家人、他的世界，他小脸一皱，哭了起来。

"你们先去吧。"凯乌斯·庞培对欧文斯夫人说，"我们其他人再讨论一下这件事情。"

欧文斯夫人等在殡葬堂外。这是一座带尖塔的小教堂，四十多年前被宣布为历史名胜古迹。市议会认为，这座小教堂坐落在这样一处杂草丛生的坟场里，模样也早已过时，翻新的成本未免太大，就干脆把它锁起来，只等它自然倒塌。爬满常春藤的教堂却格外结实，就算到这个世纪末也倒不了。

孩子躺在欧文斯夫人的臂弯里，睡着了。她温柔地摇晃着他，哼起一支古老的歌谣。那是她自己还是个小婴儿时母亲哼给她听的，那时候，人们才刚开始戴扑粉的假发。歌声轻轻飘荡：

　　　　睡吧我的小宝贝，哦，
　　　　睡吧，睡得甜又美。
　　　　等你长大，去看这世界，
　　　　愿我期盼成真——
　　　　亲吻一个人，
　　　　跳上一支舞，
　　　　找寻你的名字
　　　　和埋藏的宝藏……

唱着唱着，欧文斯夫人怎么也想不起最后一句歌词了，大概是"长毛的培根"什么的，不过也可能是和别的歌弄混了。她只好停下，换一首歌，唱一个月亮上的人掉了下来。然后又用她温暖的乡村民谣嗓唱了首更新一些的童谣，讲一个男孩把大拇指塞进嘴里，结果拽出来一颗李子。接着，她又唱起一首长长的民谣，讲一位年轻乡绅的女朋友不知为什么用一盘七鳃鳗毒死了他。这首歌刚开了个头，塞拉斯就绕过教堂一侧找了过来，手里捧着一个纸板盒子。

"快来看看，欧文斯夫人。"他说，"这么多好东西，正适合这个年纪的男孩。我们就把东西放在地窖里吧。"

他打开挂锁，拉开铁门。欧文斯夫人走进去，迟疑地打量起四周的架子。老旧的木质教堂长椅竖起来靠在墙上，几箱教区资料堆在墙角发霉，墙的另一角有扇敞开的门，露出一个维多利亚式的抽水马桶和洗手台盆，台盆上只装了一个冷水龙头。

婴儿睁开眼睛，认真地看着这一切。

"我们可以把食物放在这里。"塞拉斯说，"这儿很阴凉，食物可以保存得久一点。"他伸手从盒子里取出一根香蕉。

"这是个什么东西？"欧文斯夫人狐疑地看着这个黄褐色的东西。

"是香蕉。一种水果，从热带来的。我想，应该是要把外面这层皮剥掉，"塞拉斯说，"像这样。"

那孩子——"不是谁"——在欧文斯夫人的臂弯里扭动着挣扎起来，她把他放下来。小东西立刻摇摇晃晃地踩着石板地面跑向塞拉斯，一把抓住他的裤腿不放。

塞拉斯把香蕉递给他。

欧文斯夫人看着他就这么吃了起来。"香——蕉,"她有些疑惑,"没听说过。从来没听过。什么味道?"

"完全不知道。"塞拉斯说。他的食物只有一种,并不是香蕉。"您看,可以在这里为这孩子铺张小床。"

"我没这个打算。我和欧文斯在水仙花圃边有座可爱的小坟墓,那儿地方挺大,养一个孩子足够了。总之,"担心塞拉斯误会自己是在拒绝他的好意,欧文斯夫人补充道,"我不想这孩子太麻烦你。"

"不会的。"

男孩已经吃完香蕉,没进嘴的也全都糊在了他自己身上。他一脸脏兮兮的,却很乐呵,脸颊好像红苹果一样。

"蕉蕉。"他高兴地说。

"真是个聪明的小家伙。"欧文斯夫人说,"瞧这弄得,一团糟!嘿,你这小捣蛋鬼……"她仔细拈掉小家伙衣服和头发上的香蕉果肉,然后问塞拉斯:"你说,他们会怎么决定?"

"我不知道。"

"我不能扔下他不管。我答应了他妈妈。"

"我这一生有过不少身份,"塞拉斯说,"倒是从没当过母亲。现在也没有这个打算。不过,我可以离开这里……"

欧文斯夫人干脆地说:"我不能。我的尸骨在这里。欧文斯也是。我永远不会离开。"

"这样一定很好,"塞拉斯说,"有个归属的地方。有个可以称为'家'的地方。"他这话说得并不伤感,声音比沙漠还干,好像只是在陈述某个无须争辩的事实一样。欧文斯夫人没有反驳。

"你觉得我们还要等很久吗?"

"不会太久。"塞拉斯说。但他错了。

山坡高处的露天剧场里，争论还在继续。问题在于，卷入这桩荒唐事的是欧文斯夫妇，他们可不是什么新来的轻佻后生，而是有分量的角色。欧文斯夫妇待人有礼，向来受人尊重。塞拉斯自愿担当孩子的监护人，这事儿也很有分量——塞拉斯身处这个世界和活人世界的交界地带，坟场居民对他颇有几分敬畏。可这件事实在是……实在是……

坟场通常没有什么明确的民主制度，但死亡是最伟大的民主，对于这个活人孩子是否应该留下来这件事，每一个死者都有话要说，都有自己的看法，这一晚，他们都决心要发出自己的声音。

眼下是深秋，天亮得很晚。天色尤暗时，山脚下就传来了汽车发动的声音，本地的活人居民已经穿行在这黑漆漆的晨雾里，开车上班去了。坟场居民还在讨论这个突如其来的孩子，商量到底该怎么办。三百个声音，三百种意见。来自破败的坟场西北部的诗人尼希迈亚·特洛特正在发表他对此事的看法，只是在场的人谁也没弄明白他到底讲了些什么。就在这时，发生了一件事。一件足以让每一张发表意见的嘴都安静下来的事，坟场有史以来从未出现过的事。

一匹巨大的白马——懂行的人会称它为青马[1]——慢悠悠地爬上了山坡。它还没现身，沉重的马蹄声就伴随着枝条断裂的声音一起传了过来。马儿穿过灌木和矮树丛，踏过山坡上生

---

1　青马（grey horse）年幼时毛色灰黑，随着年龄增大而变白。此外，《圣经·启示录》中称骑在青马上的就是死亡，也有版本译为"灰马"。

长的悬钩子、常春藤和金雀花，向这边走来。夏尔马的块头，足足有十九掌高，或许还不止。这样一匹马，完全可以载着全副铠甲的骑士征战沙场，可它光溜溜的背上却只坐着一个女人。她从头到脚一身灰色，长裙和披肩仿佛是用陈年蜘蛛网编织而成。

女人的面容安宁、平和。

坟场居民都认识她，因为在生命告终之时，每个人都会见到这位"骑青马的女士"，从此再也不会忘记她。

青马在方尖碑旁停下了脚步。东方的天际透出微微的光亮，一抹破晓的晨晖泛出珍珠般的光晕，让坟场居民都觉得不太舒服，想快些回到他们舒适的家中去。尽管如此，却没有人动弹。他们全都望着骑青马的女士，每个人的心里都又是激动，又是害怕。死人是不讲迷信的，不把这些当真，可他们望着她，就像古罗马的占卜师凝望神鸦飞翔的踪迹，希望从中找到智慧，求得启示。

她开口了，对他们说话。

那声音仿佛一百个精巧的小银铃同时响起。她只说了一句："死者也要心怀仁善。"说完，她微微一笑。

青马正在撕扯一丛茂密的青草，心满意足地大口咀嚼，这时也停了下来。女士轻轻拍了拍马儿的脖子，它便调转身去，嗒嗒地迈出几大步后，从山坡上腾空一跃，漫步跨过天际。隆隆的马蹄声化作远方传来的隐隐雷鸣，不一会儿，它就消失不见了。

这便是那个夜晚山坡上发生的事。至少坟场居民们是这么说的。

争论结束，无须投票表决，事情已有定论。这个名叫"不是谁·欧文斯"的孩子将被授予坟场自由行动权。

屠夫妈妈和约西亚·沃辛顿准男爵陪同欧文斯先生来到老教堂的地窖里，向欧文斯夫人通报了这个消息。

听到这样的神迹，欧文斯夫人似乎一点儿也不吃惊。"这就对了。"她说，"有些人完全没有脑子。可她有。当然，她一定是有的。"


在这个雷声隆隆的昏暗清晨，太阳还没升起，孩子正在欧文斯夫妇的小坟墓里醋睡。这座小墓十分精美，因为欧文斯先生生前是当地家具木匠协会的会长，协会欣欣向荣，木匠们希望他带着应得的尊荣入土。

塞拉斯赶在日出前完成了最后一趟外出。他找到了山坡上的那栋高房子，发现三具尸体，逐一检查过后，研究了刀伤的形状。查验满意后，他才离开房子，走进黎明前的黑暗中，脑海里盘旋着各种让人不愉快的可能性。他回到坟场，登上小教堂的尖塔，这是他休息的地方。他在这里睡觉，度过白昼。

山脚下的小城里，男人杰克很恼火，越想越生气。他期盼了那么久，这一晚本该是他这几个月，也许是这么多年以来职业生涯的巅峰。昨晚的任务开展得那么顺利——三个人连一声喊叫的机会都没有就被干掉了。谁知道接下夹……

接下来，事情就脱了轨，简直叫人抓狂。他究竟是怎么想的，要往山上跑？那孩子分明就是下山去了。等他再回到山脚，什么线索都凉透了。一定是有人发现了那孩子，把他带回去，藏了起来。没有第二种解释。

一个惊雷突然炸开，又急又响亮，如同炮弹出膛，紧接着雨点毫无预兆地落了下来。男人杰克有条不紊地开始规划接下来的行动：打几个电话，找到那几个收钱干活儿的本地人，他们可以充当他在城里的耳目。

没必要把他的失败汇报给组织。

不管怎么说，眼下还算不得失败。他躲在商店门口的房檐下，看着泪水一般坠落的雨滴，告诉自己：你没有失败。还有好几年呢。有的是时间来了结这个未完成的任务，剪断这最后一根线。

警笛声传来，一辆警车出现，后面跟着一辆救护车，然后又是一辆没有标记却拉着警笛的车，车队从他身边呼啸而过，朝山上驶去。男人杰克这才不甘心地离开，竖起外套领子，低下头，走进这清晨的雨雾中。他的刀套着内鞘躺在口袋里，安稳、干爽，隔绝了风吹雨淋的苦楚。

# 2

# 新朋友

    阿不是个安静的孩子，有着沉静的灰色眼睛和一头乱蓬蓬的鼠灰色头发。大多数时候，他都很听话。学会说话后，他开始没完没了地向坟场居民提问。比如，他会问：

"我为什么噗能去坟场外面？"

"我怎么才能像他刚才那样？"

或者："谁住在这里啊？"

    大人们绞尽脑汁回答他的问题，给出的答案却总是含混不清，自相矛盾。每到这时，阿不就去山坡下的老教堂，找塞拉斯聊天。

他会在日落之前就过去等着，等到太阳落山，塞拉斯就会醒过来。

他的监护人很可靠，总能把事情解释得简洁明了，一清二楚，用阿不能听得懂的语言。

"你不能去坟场外面——顺便纠正一下，是'不'能，不是'噗'能——现在还不行，因为只有在坟场里，我们才能保证你的安全。这是你生活的地方，爱你的人都在这里。外面对你来说不安全。暂时是这样。"

"可你能出去呀。你每天晚上都出去。"

"我可比你大多了，小伙子。我在任何地方都是安全的。"

"我在那里也安全。"

"我也希望是这样。不过只要待在这里，你就一直很安全。"

或者——

"你是问，你要怎样才能做到？有些技艺通过学习就能掌握，有些需要多多练习，还有些则需要时间。只要好好学，都不成问题。像隐身术、滑行术、入梦术，这几样你很快就能学会。但有一些是活人没法学的，那你就要等得再久一些了。但我相信，总有一天你能学会的。

"毕竟，你得到了坟场自由行动权，"塞拉斯会告诉他，"所以，坟场就要承担起照顾你的责任。只要在这里，你就能看清黑暗中的东西，可以去一些活人去不到的地方，活人的眼睛也不会看到你。我也有坟场自由行动权，不过这对我来说没太大意义，只是有个安身的地方罢了。"

"我也想像你一样。"阿不说着，嘟起了小嘴。

"不，"塞拉斯断然否定，"你不会想的。"

又或者——

"至于谁躺在那里嘛，阿不，你要知道，大多数人的名字都刻在墓碑上。你认识字吗？知不知道你们那种字母表？"

"我们的什么？"

塞拉斯摇了摇头，没说什么。欧文斯夫妇在世时没怎么念过书，坟场里也没有学字母的书。

第二天夜里，塞拉斯出现在欧文斯夫妇舒适的坟墓前，送来三本大大的书。其中两本是色彩鲜艳的字母书《A 是苹果（Apple）》《B 是球（Ball）》，还有一本《戴帽子的猫》。一起送来的还有纸和一盒蜡笔。然后，他领着阿不在坟场里转了一圈，找到最新、最清晰的墓碑和铭板，拉着男孩的小手放上去，教他找出字母表上的字母，从有个尖尖顶的大写字母"A"开始。

塞拉斯给阿不布置了一个任务：在坟场里找齐二十六个字母。阿不骄傲地完成了，还发现了以西结·埃尔姆支雷的墓碑，就嵌在老教堂侧面的墙上。塞拉斯对他的表现非常满意。

每天，阿不都带着纸和笔在坟场里转悠，尽可能像样地描下他找到的人名、单词和数字。到了晚上，他就带着抄好的东西，赶在塞拉斯出门前找他解释给自己听，特别是那些拉丁文短句，欧文斯夫妇对此几乎一窍不通。

一个晴朗的白天，大黄蜂来到坟场角落的野花丛中，从金雀花悬荡到蓝铃草上，懒洋洋地哼着"嗡嗡"小调。阿不躺在春日的阳光里，看一只红铜色的甲壳虫慢悠悠地爬过乔治·里德尔、他的妻子多卡斯和他们的儿子塞巴斯蒂安的墓碑。阿不已经抄下了他们的墓志铭"至死不渝"，现在一心只盯着这只甲壳虫。就在这时，有人说话了："小孩，你在干什么？"

阿不循声望去。有人在金雀花丛的另一边，看着他。

"没西么。"阿不说完，吐了吐舌头。

金雀花丛那边的脸突然一皱，舌头一吐，眼一瞪，变成了滴水兽，下一秒又变回了女孩的模样。

"好厉害。"阿不大为震撼。

"我会做很多鬼脸。"女孩说，"看这个。"她伸出一根手指，把鼻子朝天顶上去，嘴角咧开，露出一个大大的、心满意足的笑，眼睛眯缝着，脸颊鼓起。"你知道这是什么吗？"

"不知道。"

"是猪啊，笨蛋。"

"噢。"阿不想了想，"你是说，P 是小猪（Pig）的那个猪？"

"就是那个。你等会儿。"

她绕过金雀花丛，来到阿不身边。阿不已经站起来了。她看起来比阿不大一些，个头也高一点，穿着一身鲜亮的衣服，有黄色、粉色，还有橘色。阿不穿着灰色的裹尸布，感觉自己灰头土脸的。

"你多大了？"女孩问，"你在这里做什么？你住在这里吗？你叫什么名字？"

"我不知道。"阿不答道。

"你不知道你的名字？"女孩说，"你肯定知道。人人都知道自己的名字。骗子。"

"我知道我的名字。"阿不说，"我也知道我在这里做什么。可你问的第一个问题，我不知道。"

"你多大？"

阿不点点头。

"哦。"女孩说，"你上次过生日时几岁？"

"我不过生日。"阿不说，"没有生日。"

"人人都有生日。你是说，你从来没吃过蛋糕、吹过蜡烛什么的？"

阿不摇摇头。女孩面露同情。"真可怜。我五岁了。我打赌，你一定也是五岁。"

阿不激动得直点头。他不打算和这位新朋友争辩。她让他很开心。

女孩告诉阿不，她叫斯嘉丽·安珀·帕金斯，住在一栋没有花园的公寓里。她的妈妈正坐在山下小教堂旁边的长椅上看杂志，她让斯嘉丽自己跑一跑，活动活动，半小时内回去就行，不要惹麻烦，不要和陌生人说话。

"可我就是陌生人。"阿不提醒她。

"你不是。"她很肯定地说，"你是个小男孩。"顿了顿，又说，"你是我的朋友。所以你不可能是陌生人。"

阿不很少笑，可这会儿他笑得非常开心。"我是你的朋友。"他说。

"你叫什么名字？"

"阿不。是小名，大名叫不是谁。"

她哈哈大笑起来。"真是个有趣的名字。"她说，"你在做什么？"

"学认字。"阿不说，"从墓碑上学。我得把它们抄下来。"

"我能和你一起吗？"

有那么一瞬间，阿不心里涌起一股占有欲——这些墓碑是他的，不是吗？但很快他就意识到自己这样有多傻。他想，天气这么好，和朋友一起做这些事，应该会更有趣吧。于是他说："好的。"

他们抄下墓碑上的名字，斯嘉丽教阿不念他还不太认识的名字和单词，阿不为斯嘉丽解释他认识的那些拉丁文的意思。时间在不知不觉间流逝，好像才没过多久，就听到山下远远传来一声："斯嘉丽！"

女孩赶紧把蜡笔和纸一股脑儿塞回给阿不。"我得走了。"

"下次再见。"阿不说，"可以吗？"

"你住在哪里？"她问。

"就这里。"他说。他站在原地，看着女孩往山坡下跑去。

回家的路上，斯嘉丽跟妈妈提起了这个男孩，说他们一块儿玩，男孩名叫"不是谁"，就住在坟场里。当天晚上，斯嘉丽的妈妈把这件事告诉了丈夫。斯嘉丽的爸爸认为，这个年纪的孩子幻想出个把朋友来很正常，没什么好担心的，倒是离家这么近就有个自然保护区让孩子撒开了玩，实在是幸运。

初次见面后，每一次都是阿不先看到斯嘉丽。只要不下雨，斯嘉丽的爸爸或妈妈总会带她到坟场玩。大人坐在长椅上看书，斯嘉丽就沿着坟场里的小路四处转悠、探险，像一抹亮丽的色彩，有时是荧光绿，有时是橘色，有时是粉色。要不了一会儿，她就能看到一张严肃的小脸，顶着乱蓬蓬的鼠灰色头发，刘海下一双灰色的眼睛抬起来望着她。然后，阿不就会和她一起玩，捉迷藏，爬上爬下，或者静静地蹲在老教堂背后看兔子。

阿不会把他的其他朋友介绍给斯嘉丽。她看不见他们，但这没什么大不了的。爸爸妈妈已经跟她说明白了，阿不是她想象出来的朋友，而且这完全没有问题。甚至有那么几天，妈妈还坚持在餐桌上给阿不留出一个位子。所以，阿不也有一些想象出来的朋友，就一点儿也不奇怪了。他还会把朋友们的话转述给她。

"巴特利说你的面庞宛如压过的梅子。"他会这么讲给她听。

"他才像呢。为什么他说话这么好笑？他是想说压扁的西红柿吗？"

"我猜他那个年代还没有西红柿。"阿不说，"他们都这么说话。"

斯嘉丽很开心。她是个聪明的孩子，但很孤独。母亲在一所很远的大学给她从未谋面的学生远程上课，人们通过电脑把英语试卷传过来，她再把建议或鼓励之类的消息传回去。她的父亲教授粒子物理学，可是，斯嘉丽告诉阿不，想教粒子物理的人太多了，想学的人却不多，所以斯嘉丽一家不得不辗转在各个大学城之间，每次她父亲都希望能争取到一个终身教职，可惜一直没有成功。

"什么是粒子物理？"阿不问。

斯嘉丽耸了耸肩。"噢，"她说，"就是有一种叫原子的东西，特别小，小到眼睛看不见，我们所有人都是由原子组成的。然后呢，还有一些东西比原子更小，那就是粒子物理。"

阿不点点头，觉得斯嘉丽的父亲可能是对想象中的东西感兴趣。

每个工作日的下午，阿不都会和斯嘉丽一起在墓园里玩，用手指描摹墓碑上的名字，把它们抄下来。阿不给斯嘉丽介绍他知道的每一座墓穴、陵墓和坟冢的居民，斯嘉丽给他讲自己读过或听过的故事，有时候也会说到外面的世界，比如汽车、公交车、电视和飞机。阿不见过飞机从头顶飞过，很高很高，还以为是些吵闹的银色大鸟，从来没对它们产生过好奇。轮到他讲的时候，他就把坟场居民们生前的故事讲给斯嘉丽听——塞巴斯蒂安如何去过一次伦敦，见到了女王，女王胖胖的，戴着毛皮帽，瞪着所有人，还不会说英语。塞巴斯蒂安·里德尔记不起她究竟是哪位女王了，只记得她在位的时间并不长。

"那是什么时候？"斯嘉丽问。

"他是1583年去世的，墓碑上写着。所以一定是在那之前。"

"这里最老的人是谁啊，整个坟场里？"斯嘉丽问。

阿不皱起了眉头。"也许是凯乌斯·庞培。他是在第一批罗马人到这里之后，又过了一百年来的。他跟我说过。他很喜欢那些大马路。"

"这么说，他就是最老的了？"

"我想是的。"

"这儿有这么多石头房子，我们可以找一座，在里面造一间小房子吗？"

"你进不去。都锁上了。"

"那你能进去吗？"

"当然。"

"为什么我就不行？"

"这是个坟场，"他解释道，"我得到了坟场自由行动权。所以我能去到一些地方。"

"我想进石头房子里面去造小房子。"

"不行。"

"你就是小气。"

"不是。"

"小气鬼。"

"不是的。"

斯嘉丽双手往她的防风夹克口袋里一揣，头也不回地下山去了。她觉得阿不对她有所隐瞒，却又担心自己是不是错怪他了。想到这里，她更生气了。

吃晚饭的时候，她问爸爸妈妈，在罗马人来之前，这个地方有没有过别的人。

"你从哪儿听来的罗马人？"爸爸问。

"人人都知道啊。"斯嘉丽不屑地说，"有吗？"

"有凯尔特人。"妈妈说，"他们最先来到这里，比罗马人早。罗马人征服的就是凯尔特人。"

在老教堂外的长椅上，阿不也在进行一场差不多的对话。

"最老的？"塞拉斯说，"说实话，我不知道。我在坟场见到的最老的人就是凯乌斯·庞培。不过，早在罗马人来之前，这里就有人居住了。很多人，可以追溯到很久以前。你的字母学得怎么样了？"

"还不错。我什么时候可以开始学连在一起的字母？"

塞拉斯顿了顿，思索片刻。"据我所知，这里埋葬了许多才华横溢的人，总能找到几位老师的。我去打听一下。"

阿不激动极了。他想象着有一天，自己什么都能看懂，所有故事都在他面前展现得明明白白。

塞拉斯离开坟场去办他自己的事了。阿不走到老教堂边的柳树下，呼唤凯乌斯·庞培。

这位老罗马人打着哈欠从他的坟墓里走出来。"哦，是你啊，活人男孩。"他说，"你还好吗？"

阿不说："我很好，先生。"

"好。很高兴听到你这么说。"老罗马人的头发在月光下白得透明，他穿着下葬时的那件托加长袍，里面套着厚厚的羊毛背心和紧身裤。这儿到底是个寒冷的国家，位于世界边缘。唯一比这儿还冷的地方，就只有北边的卡列多尼亚（也就是苏格兰），那里的居民与其说是人，倒更像野兽，个个身上都长满橘黄色的毛，野蛮到就连罗马人也无法将他们征服，而那里漫长的寒冬也像围墙一样，将他们与世隔绝。

"您是最老的吗？"阿不问。

"坟场里吗？是的。"

"这么说，您是第一个葬在这里的人？"

片刻的犹豫。"差不多吧，也算是第一个。"凯乌斯·庞培说，"在凯尔特人之前，这个岛上还有过别的人，其中一个就葬在这里。"

"噢。"阿不想了想，问，"他的墓在哪里？"

凯乌斯往山上指了指。

"在山顶上啊。"阿不说。

凯乌斯摇了摇头。

"那是在哪里？"

老罗马人伸手揉了揉阿不的头发。"在山里。"他说，"山的里面。我当初是被朋友们送来的，后面跟着本地的官员和哑剧演员，演员们戴着我妻子和父亲的蜡制面具。我的妻子在卡姆罗多璐被一场高烧夺去了性命，父亲死在高卢的一次边境冲突中。我死后又过了三百年，一个农民为了寻找放羊的新牧场来到这里，偶然发现一块堵住坟墓入口的巨石。他推开石头，走了下去，以为里面可能埋着宝藏。没过多久，他出来了，一头黑发变得和我现在一样白……"

"他看见什么了？"

凯乌斯答不上来。"那个人什么也不肯说，而且再也没有回来过。人们把石头又推回去，过了一阵子也就忘了这回事儿。后来，大概是两百年前，有一群人来这里为弗罗比舍修建墓室，又发现了那个地方。第一个发现的年轻人一心想发财，于是谁也没告诉，悄悄用以法莲·帕蒂夫的棺材挡住入口，藏起了这个秘密。后来，他在一天夜里下去了，神不知鬼不觉地——其实也就他自己这么以为。"

"他上来时头发变白了吗？"

"他没有上来。"

"呃。噢。那，葬在下面的究竟是谁？"

凯乌斯摇了摇头。"我不知道，小欧文斯。可我能感觉到他，从这里还是片荒地时就有这种感觉。我能感觉到，哪怕是那个时候，就已经有什么东西在这山腹深处，一直在等待。"

"等待什么呢？"

"我能感觉到的，"凯乌斯·庞培说，"就只有等待。"


斯嘉丽带着一本大大的图画书，挨着母亲坐在大门边的绿色长椅上，母亲在翻看一份教辅资料，她就读她自己的书。她正享受着春天的阳光，竭力假装看不到朝她挥手的小男孩。男孩一开始是在那块爬满常春藤的纪念碑后面，然后，就在她下定决心再也不朝纪念碑看的时候，他突然从一块墓碑（让治·G.昭二，卒于1921年，"我本陌生人，是你接受了我"）后面跳出来，就像玩偶匣子里突然弹出的小丑，简直一模一样。他疯狂地朝她比画手势。斯嘉丽还是没搭理他。

最后，她合上书，放在长椅上。"妈妈，我想去玩会儿。"

"别离开小路，亲爱的。"

她沿着小路一直走到拐角，看到阿不在山坡上远远地向她挥手。她冲阿不做了个鬼脸。

"我发现了一些东西。"斯嘉丽说。

"我也是。"阿不说。

"罗马人来之前，这里就有人在了。"她说，"很早就有。他们生活在这里，也就是说，死后就葬在这些小山上，和宝藏什么的一起。这种都叫作古墓。"

"噢，那就对了，"阿不说，"那就说得通了。你想跟我一起去看一个吗？"

"现在？"斯嘉丽一脸怀疑，"你都不知道哪里有吧？而且你明明知道，有些地方我没法跟着你进去。"她亲眼见过阿不像影子一样穿墙而过。

作为回应，阿不亮出了一把生锈的大铁钥匙。"这是从小教堂里拿来的，应该能打开这座山上的大多数门。一把钥匙通用，省事儿。"

斯嘉丽立刻爬上山坡，来到他身边。

"你是说真的？"

他点点头，嘴角漾开一个开心的笑。"快来。"

这是个美妙的春日，空气里飘荡着鸟叫和蜜蜂的嗡嗡声，一派生机盎然。黄水仙在和煦的微风中尽情绽放，山坡上，赶早的郁金香已经开出了花，这里一丛，那里一簇，迎风点着头。蓝色的勿忘我和精巧饱满的黄色报春花，星星点点地散落在翠绿的草坡上。两个孩子穿过草坡往上走，去找弗罗比舍的小小陵寝。

那是一座早已被遗忘的石头房子，小小的，样式古朴简单，有一道铁门把守着。阿不掏出那把钥匙，打开铁门，和斯嘉丽一起走了进去。

"这儿有个洞，"阿不说，"或许是一扇门。就藏在一副棺材后面。"

他们在最底下的一副棺材背后找到了它。入口很窄，只够爬进去。"就在下面。"阿不说，"我们下去吧。"

斯嘉丽突然不怎么喜欢这次冒险了。她说："我们下去也看不见。太黑了。"

"我不需要光。"阿不说，"只要在坟场，我就不需要。"

"我需要。"斯嘉丽说，"太黑了。"

阿不想说几句安慰话，像是"下面不会有坏东西"之类的，可是一想到有人头发变白和再也没能上来的传说，他没法心安理得地说出这样的话。于是他说："那我下去。你在这里等我。"

斯嘉丽皱起眉头。"你不该把我一个人留在这儿。"

"我就下去看看，"阿不说，"看看下面是什么人，然后马上回来说给你听。"

他转身走到洞口，俯下身子，手脚并用地爬了进去。里面的空间大一些，够他站起来，他能看到石头上凿出的台阶。"这里有台阶，我要下去了。"他说。

"台阶长吗？"

"我想是的。"

"如果你拉着我的手，再告诉我该怎么走，"斯嘉丽说，"那我可以和你一起进去。但你得保证我没事。"

"当然。"阿不说。话音还没落地，女孩已经手脚并用地爬进洞来。

"你可以站起来。"阿不拉住她的手，"台阶就在这里。先伸出一只脚，往前走一步试试。对了。我开始往前走咯。"

"你真的能看见吗？"

"这里确实很黑，"阿不说，"不过我看得见。"

他领着斯嘉丽走下台阶，一步一步深入山腹，边走边把自己看到的景象描述给她听。"这是一段往下去的台阶，石头做的。我们头顶上也都是石头。墙上有人画了一幅画。"

"什么样的画？"

"我觉得是一头牛，C是奶牛（Cow）的那个牛，个头挺大，毛茸茸的，有两个角。还有一团花纹，像一个很大的结。不光是画的，应该是刻在石头上的，摸到了吗？"他拉起斯嘉丽的手指，放到那个刻出来的结上。

"我摸到了！"她说。

"现在台阶越来越宽了。下面好像有个房间，不过台阶还没到头。别动。好，现在我就在你和房间之间。左手扶着墙，别松开。"

他们继续往下走。"还有最后一级台阶，下面就是岩石地面了。"阿不说，"地上不怎么平。"

房间很小。地上嵌了一块石板，角落里架着一段低矮的岩架，上面摆着几样小物件。地上散落着一些骨头，年代相当久远。在房间入口处的台阶下面，阿不还看到了一具蜷曲的尸体，上面残留着棕色的长袍碎片——应该就是那个梦想发财的年轻人了，阿不心想。他一定是在黑暗中滑倒了，摔下来的。

突然，四周响起一阵沙沙声，像是有什么东西在滑行，蛇游走在枯树叶上的那种声音。斯嘉丽抓着阿不的手骤然握紧了。

"那是什么？你看到什么东西了吗？"

"没有。"

突然，斯嘉丽发出一声半是抽气、半是呜咽的声音。阿不看到了。不用问也知道，斯嘉丽肯定也看到了。

房间尽头亮起一道光，一个男人出现在光里，从岩石中走出来。阿不听到斯嘉丽硬生生咽下了一声尖叫。

男人的模样看上去完好无损，但还是能看出来死了很久很久。他的皮肤上画着（阿不猜的）或文着（斯嘉丽猜的）蓝紫色的图案和花纹，脖子上挂着一串獠牙项链，每颗獠牙都又长又尖。

"我是此间之主！"那个人形开口了，用词非常古老，发出的声音支离破碎，几乎没法连成句子，"我守护此地，无人可以损害！"

他的眼睛大得跟脑袋完全不成比例。阿不定睛一看，原来他在眼睛周围描了好几圈紫色，这样一来，他的脸就像猫头鹰一样。

"你是谁？"阿不说着，悄悄握紧了斯嘉丽的手。

靛蓝色的人好像没有听到他的问题，只是凶狠地盯着他们。

"离开此地！"他的声音在阿不脑海中轰鸣，每个字都像一阵来自喉咙深处的咆哮。

"他会伤害我们吗？"斯嘉丽问。

"我想不会。"阿不说着，转向靛蓝人，按照大人教他的那样说，"我有坟场自由行动权，可以去任何想去的地方。"

靛蓝人毫无反应。阿不越发迷惑了。通常，哪怕是坟场里最暴躁的居民，听到这句话都能平静下来。"斯嘉丽，你能看见他吗？"

"当然能看见。一个浑身刺青、吓人的大块头，他想杀了我们。阿不，让他走开！"

阿不看了看那具穿棕色袍子的男人的遗骸。他身边有一盏灯，在岩石地面上摔破了。"他想逃跑，"阿不大声说，"被吓着了所以想跑。但是在台阶上滑了一跤或者绊倒了，这才摔了下来。"

"你说谁？"

"地上那个人。"

斯嘉丽听起来有点生气，还有些困惑和恐惧。"什么地上的人？这里太黑了。我只能看到那个文身的人。"

就在这时，仿佛为了证明他真的存在，靛蓝人把头向后一仰，从喉头发出一连串约德尔唱法[1]般的号叫。斯嘉丽猛地抓紧阿不的手，指甲都掐进了阿不的肉里。

可是，阿不已经不害怕了。

"抱歉我错怪你了，说他们都是想象出来的。"斯嘉丽说，"现在我信了，他们是真的。"

靛蓝人把什么东西举过了头顶，看上去像一柄锋利的石刀。"侵犯此地者格杀勿论！"他咆哮着，依旧是磕磕巴巴的句子。阿不想到了那个发现墓室后头发变白的人，想到他是如何再也没有回过坟场，绝口不提自己看到过什么。

"不。"阿不说，"你是对的。我认为这家伙就是。"

"就是什么？"

"想象出来的。"

"别傻了。"斯嘉丽说，"我都看到它了。"

"没错。可你看不到死人。"

阿不环顾这间墓室，然后对靛蓝人说："你可以停下了。我们知道这不是真的。"

"我要吃掉你们的肝！"靛蓝人大吼。

"不，你不会的。"斯嘉丽长舒一口气，"阿不说得对。"顿

---

1 一种频繁转换真假声的山歌小调唱法。

了顿，她又说："我想它可能是个稻草人。"

"稻草人是什么？"阿不问。

"农民放在田里吓唬乌鸦的东西。"

"他们为什么要吓唬乌鸦？"阿不很喜欢乌鸦。他觉得乌鸦很有趣，而且多亏了它们，坟场才能保持整洁。

"我也不太懂。等我回去问问妈妈。我就是坐火车的时候看到过，问了一下那是什么。乌鸦以为那是真人，但其实是假的，只是看起来像人罢了。反正就是专门用来吓唬乌鸦，把它们赶跑的。"

阿不四下看了看，说："不管你是谁，反正吓不到我们。我们知道你不是真的。停下吧。"

靛蓝人停了下来。他走到石板上躺下，然后就消失了。

在斯嘉丽眼里，石室再一次被黑暗吞没。然而，就在这黑暗中，她听到沙沙声重新响起，越来越大，就像有什么东西在这圆形的房间里环绕游动。

有个声音说："**我们是杀戮者。**"

阿不后脖颈上的汗毛都竖了起来。这个声音听起来非常苍老、干涩，就像枯死的小树枝刮在教堂窗户上的声音。阿不觉得那不是一个声音，而是好多个声音叠在一起说话。

"你听到了吗？"他问斯嘉丽。

"我只听到沙沙沙的滑行声，其他什么也没有。感觉很奇怪，心里毛毛的。像是有什么可怕的事情要发生了。"

"没有什么可怕的事情会发生。"阿不安慰道。然后，他冲着石室说："你们是谁？"

"**我们是杀戮者。我们守卫，我们保护。**"

"保护什么？"

"主人的安歇地。一切圣地中的圣地，杀戮者守护这里。"

"你们碰不到我们，"阿不说，"就只会吓唬人。"

环绕在石室里的声音像是被激怒了。"恐惧是杀戮者的武器。"

阿不垂眼看了看岩架。"那些就是你们主人的宝贝？一枚旧胸针，一个杯子，一把石头小刀？看起来不怎么值钱。"

"杀戮者守护珍宝。胸针，酒杯，刀。我们为主人守护，等待主人归来。主人定会归来。主人终将归来。"

"你们有几个人？"

杀戮者没有回答。阿不感觉脑子里像是被糊满了蜘蛛网，他用力甩了甩脑袋，让自己清醒一点。然后，他握紧斯嘉丽的手，说："我们该走了。"

他领着斯嘉丽绕过那具穿棕色袍子的尸骸——说真的，阿不心想，就算没有被吓得摔死，这个人多半也是要失望的，毕竟他来这一趟是为了寻宝，可上万年前的所谓宝藏，到如今实在算不得什么。阿不引着斯嘉丽，小心翼翼地顺着台阶往上爬。他们穿过山腹，回到弗罗比舍黑乎乎的砖石陵墓里。

暮春的阳光透过陵墓的裂隙和墓室的门缝钻进来，亮得有些刺眼。斯嘉丽眨了眨眼睛，伸手挡住这骤然出现的光亮。鸟儿在灌木丛中歌唱，一只黄蜂嗡嗡飞过，一切都平常得不可思议。

阿不推开陵墓大门走出去，转身将它重新锁好。

斯嘉丽漂亮的衣服上沾满了灰尘和蜘蛛网，深肤色的脸和双手也都染上了白色的灰。

山脚下远远地传来了喊叫声。好多人在喊，声音特别大，发疯似的喊。

"斯嘉丽？斯嘉丽·帕金斯？"

斯嘉丽回答："我在这儿！"她根本来不及和阿不讨论一下刚才看到的东西，说一说那个靛蓝人，就看到一个穿荧光黄外套、背后印着"警察"字样的女人冲了上来，连声问她好不好，问她跑到哪里去了，是不是有人想绑架她。然后，那个女人拿起对讲机通告所有人：孩子找到了。

阿不悄无声息地跟着他们一起下了山。教堂的门开着，斯嘉丽的父母都在里面，她的母亲在哭，父亲拿着手机焦急地跟什么人说话，旁边还有一个女警察。阿不待在角落里，没人看到他。

大人们不停地追问斯嘉丽究竟出了什么事，她非常诚实地把能说的都说了，告诉他们，有个叫"不是谁"的男孩带她进到了山肚子里，那里黑洞洞的，突然冒出来一个蓝紫色文身的人，但其实他是个稻草人。大人们递给斯嘉丽一条巧克力棒，擦干净她的小脸，问她，那个文身人有没有骑摩托车。直到这时，斯嘉丽的父母才松了一口气，放下对她的担心，开始生起彼此的气来，也生斯嘉丽的气。两个大人相互指责，都说是对方的错，说就不该让女儿在墓地里玩，就算是自然保护区也不行，说现如今世道太乱，必须每分每秒都把孩子看好，不然的话，天知道会遇到什么可怕的事，特别是像斯嘉丽这样天真的孩子。

斯嘉丽的母亲开始啜泣，引得斯嘉丽也哭起来。一名女警跟斯嘉丽的父亲争辩起来，斯嘉丽的父亲说自己是纳税人，女警的薪水都是他付的，女警反驳说自己也是纳税人，说不定也付了他的薪水。阿不坐在小教堂角落的阴影里，没有人看到他，就连斯嘉丽也没有。他看着眼前这一切，直到再也无法忍受。

最后一抹落日的余晖洒在坟场上，塞拉斯在山坡高处的圆形露天剧场找到了阿不，他正俯瞰着下面的小城。塞拉斯走到男孩身边，什么也没说。他就是这样。

"这不是她的错。"阿不说，"是我的错。可现在她有麻烦了。"

"你带她去了哪里？"塞拉斯问。

"去山肚子里面，看那个最老的坟墓。那儿一个人也没有，只有一个像蛇一样的东西，叫杀戮者，专门吓唬人。"

"有意思。"

他们并肩回到山下，看着老教堂再次被锁上，警察、斯嘉丽和她的父母一起消失在夜色中。

"伯罗斯小姐会教你学习拼读。"塞拉斯说，"那本《戴帽子的猫》看了吗？"

"嗯，"阿不说，"早就看完了。可以给我多带几本书回来吗？"

"我尽力。"塞拉斯说。

"你说，我还能再见到她吗？"

"那个女孩？我看很难。"

可塞拉斯错了。三个星期后，一个灰蒙蒙的下午，斯嘉丽来到了坟场，这一次，她的父母都在。

他们坚持不肯放她离开视线范围，只是稍微拉开了一点点距离，跟在后面。斯嘉丽的母亲时不时感叹一句，说这一切真是太可怕了，幸好他们很快就能摆脱了，真是太好了。

一直等到斯嘉丽的父母开始自己聊天时，阿不才说："嘿。"

"嗨。"斯嘉丽轻声说。

"没想到还能见到你。"

"我跟他们说，除非最后再带我来一次，不然我就不跟他们走。"

"去哪儿？"

"苏格兰。那儿有一所大学，爸爸要去教粒子物理。"

他们并肩走在小路上，一个身穿亮橘色防风夹克的小女孩，和一个套着灰色裹尸布的小男孩。

"苏格兰远吗？"

"远的。"她说。

"哦。"

"也不知道你在不在，我就是想来跟你说声再见。"

"我一直都在这里。"

"可你不是死人，对吗，不是谁·欧文斯？"

"当然不是。"

"那你总不能一辈子都待在这里，对吧？总有一天你会长大，然后就得去外面的世界生活了。"

他摇了摇头。"外面对我不安全。"

"谁说的？"

"塞拉斯。我的家人。每个人。"

斯嘉丽沉默了。

父亲在喊："斯嘉丽！过来，宝贝。该走了。你的最后一次坟场之旅也来过了。我们现在该回家了。"

斯嘉丽对阿不说："你很勇敢。你是我见过最勇敢的人。还有，你是我的朋友，不管你是不是我想象出来的。"说完，她沿着来时的小路跑去，跑向她的父母和那一个世界。

# 3

## 上帝的猎犬

    每片坟场里都有一座属于食尸鬼的坟墓。只要在坟场转悠得够久，你早晚会发现它——墓碑水渍斑驳，残破开裂，四周杂草疯长，枝枝蔓蔓，只要靠近它，你就会莫名生出一种心灰意冷的感觉。

    食尸鬼的墓碑比别的更冷一些，碑上的名字往往无法辨认。如果墓前还有雕像，那多半不是没了脑袋，就是爬满蘑菇和青苔，搞得雕像本身就像一朵大蘑菇。如果坟场里有一座看起来被恶意破坏过的坟墓，那就是食尸鬼之门。如果一座坟墓让你想要跑得远远的，那就是食尸鬼之门。

    阿不的坟场里就有一座。

    每片坟场里都有一座。

塞拉斯要走了。

刚听说这个消息时，阿不很难过。可现在已经不难过了。他很生气。

"为什么啊？"阿不说。

"我跟你说过。我需要去了解一些情况。要得到它们，我就必须出这一趟远门。要出门，我就必须离开这里。这些我们全都已经谈过了。"

"是什么这么重要，非得出远门不可？"阿不六岁的小脑瓜试图想象到底有什么东西能让塞拉斯离他而去，想不出来。"这不公平。"

他的监护人一脸平静。"不是谁·欧文斯，没什么公平不公平的。事情就是这样。"

阿不并不接受这个说法。"你是要照顾我的。你自己说的。"

"作为你的监护人，我对你负有责任，这没错。很幸运，我不是这世界上唯一愿意承担这份责任的人。"

"你到底要去哪里？"

"外面。其他地方。有些事情我必须弄清楚，但在这里做不到。"

阿不用力哼了一声，转身离开，一路踢着并不存在的石子儿。坟场的西北部，草木肆意生长，纠缠虬结，超出了墓地管理员和"坟场之友"志愿者组织清理的能力范围。阿不慢吞吞地走过去，叫醒了一家子维多利亚时期的小孩，这几个孩子没能活到十岁就夭折了。阿不和他们在月光下挂满藤蔓的林子里玩起了捉迷藏，假装塞拉斯根本没说过要走，什么都不会改变。可等到游戏结束，他跑回老教堂时，眼前的两样东西立刻打破了他的幻想。

第一样是个包。阿不瞥一眼就知道这是塞拉斯的。这个漂亮的黑色皮革包至少有一百五十年的历史了，黄铜配件，黑色拎手，是那种维多利亚时代的医生或殡葬人员经常会拎的包，里面的工具一应俱全。阿不从没见过塞拉斯的包，甚至不知道他还有个包，但这样的包只可能属于塞拉斯。阿不想偷偷瞄一眼里头有什么，可上面挂着一把硕大的黄铜锁。包很重，他提不动。

这是第一样东西。

第二样正坐在小教堂边的长椅上。

"阿不，"塞拉斯说，"这位是卢佩斯库小姐。"

卢佩斯库小姐并不漂亮。她的面容苍白清瘦，一脸不满意的表情，门牙不太整齐，灰白的头发和年轻的脸庞并不相称。她身穿一件臃肿的胶布雨衣，脖子上系着一条男士领带。

"您好，卢佩斯库小姐。"阿不说。

卢佩斯库小姐没有说话。她抽了抽鼻子，然后看向塞拉斯，说："所以说，这就是那个小子了。"她从长椅上站起来，绕着阿不转了一圈，鼻翼翕动着，像是在闻他的味道。直到一圈转完，她才开口道："每天早上起床后和晚上睡觉前都来我这里报到。我在那边那栋房子里租了一个房间。"她指了指远处的一个屋顶，从他们站的地方刚好能看到。"不过，我平时都会待在这片坟场里。我在这里的身份是个历史学者，来研究古墓的历史。听明白了吗，小子？哈？"

"阿不。"阿不说，"我叫阿不。不是小子。"

"'不是谁'的简称。"她说，"愚蠢的名字。再说了，'阿不'是个昵称，是个外号，我不认同。我就叫你'小子'。你要叫我'卢佩斯库小姐'。"

阿不抬头看着塞拉斯，眼里满是祈求，可塞拉斯的脸上没有一丝同情。他拎起那个包说："卢佩斯库小姐会好好照顾你的，阿不。我相信你们俩一定能相处得很愉快。"

"不会的！"阿不说，"她很可怕！"

"这样说话非常不礼貌。"塞拉斯说，"我想你应该道歉，对不对？"

阿不一点儿也不想道歉。可塞拉斯正看着他，手里还拎着那个黑色的包，马上就要离开，不知道要走多久。所以，阿不说："我很抱歉，卢佩斯库小姐。"

她没有立刻回应，只是抽了抽鼻子，然后才说："我大老远赶来照顾你，小子。希望你值得。"

阿不想象不出要怎么拥抱塞拉斯，于是伸出一只手。塞拉斯弯下腰，用他苍白的大手裹住他脏兮兮的小手，轻轻地摇了摇。然后他提起黑色皮包，轻巧得好像它完全没有分量一样。就这样，塞拉斯沿着小路下山，离开了坟场。

阿不回家和父母说起这件事。

"塞拉斯走了。"他说。

"他会回来的。"欧文斯先生乐呵呵地说，"阿不，你的小脑瓜子就别操心了。船到桥头自然直。"

欧文斯夫人说："当初你刚生下来的时候，他答应我们，如果有一天不得不离开，他会找人来给你送吃的、照看你。他说到做到，真是个可靠的人。"

没错，塞拉斯每天晚上都为阿不带回食物，放在教堂地窖里留给他吃。可在阿不看来，这是塞拉斯为他做的那么多事里最不值一提的。塞拉斯会为阿不提供建议，冷静、理智、万无一失的建议；他比坟场里其他人懂的都多，因为他每天夜里都出去探访外面的世界，也就是说，他跟阿不描述的是如今的世界，而不是好几百年前早就过时的世界；他永远镇定、可靠，阿不从小到大的每一个夜晚他都在，从来不曾缺席，很难想象小教堂里没了它唯一的居民会是什么样子；最重要的是，塞拉斯能给他安全感。

卢佩斯库小姐同样不认为她的任务只是为阿不带来食物。当然，这也是她的职责之一。

"那是什么？"阿不惊恐地问。

"好的食物。"卢佩斯库小姐说。他们正在教堂的地窖里，卢佩斯库小姐拿出两个塑料盒放到桌上，打开盖子，指了指第一个说："甜菜麦粒羹。"又指了指第二个："沙拉。把这两份都吃了。我专门给你做的。"

阿不盯着她的脸，想看看她是不是在开玩笑。塞拉斯带回来的食物大多有包装袋，是从那种深夜还营业而且从不提问的地方买的。从来没人用带盖子的塑料盒给他带过吃的。"真难闻。"他说。

"你要是不快点把甜菜羹吃掉的话，"她说，"会更难闻。它会冷掉。快吃。"

阿不饿了。他拿起塑料汤匙，小心翼翼地伸进那紫红色的羹汤里，吃了一口。这东西黏糊糊的，他不太习惯，但还是都吃掉了。

"还有沙拉！"卢佩斯库小姐说着，打开了第二个盒子。里面装着大块的生洋葱、甜菜根和番茄，全都浇着浓浓的汁，像醋的味道。阿不将一块甜菜根送进嘴里嚼了嚼，很快就感觉口水不停往外冒。他意识到，如果真把这东西吞下去，肯定会吐出来。"我吃不了这个。"

“对你有好处。”

“我会吐的。”

两个人大眼瞪小眼，一个是顶着乱蓬蓬鼠灰色头发的小男孩，另一个是银发一丝不乱的苍白瘦削的女人。卢佩斯库小姐说：“再吃一块。”

“我吃不了。”

“要么赶紧再吃一块，要么就待在这儿，直到全部吃完为止。”

阿不拈起一块沾着醋汁的番茄，嚼了几下，伸长脖子硬生生咽了下去。卢佩斯库小姐盖上盒子，把它们放回塑料购物袋里，然后说：“现在，上课。”

正值盛夏，天要到午夜前才会黑透。盛夏是不上课的，阿不可以在漫长又温暖的黄昏中尽情玩耍，探险，爬上爬下。

“上课？”

“你的监护人觉得，我最好能教你点东西。”

“我有老师。利蒂希亚·伯罗斯教我拼写和单词，潘尼沃斯先生教我他自创的‘年轻绅士教育大全’，还有‘亡者补充教材’。我还学地理，什么都学。我不需要再上课了。”

“这么说，你什么都懂了，小子？六岁，已经无所不知了。”

“我没那么说。”

卢佩斯库小姐抱起胳膊。“跟我说说食尸鬼。”

阿不努力回忆这些年塞拉斯跟他说过的关于食尸鬼的事。“离他们远点。”他说。

“就这些？哈？为什么要离他们远点？他们从哪儿来？要去哪儿？为什么不应该靠近食尸鬼之门？嗯？小子？”

阿不耸耸肩，摇了摇头。

"说说世上有哪几类人。"卢佩斯库小姐说,"快点。"

阿不想了想。"活人,"他说,"呃……死人。"他卡住了,然后又蒙了一个:"……猫?"

"你很无知,小子。"卢佩斯库小姐说,"这不好。而你还满足于你的无知,这更糟糕。来,跟我念一遍,世上有活人和死人,有昼行人和夜行人,有食尸鬼和踏雾者,有高级猎人和上帝的猎犬,还有各种独来独往的隐居者。"

"你是哪一种?"阿不问。

"我,"她严肃地说,"是卢佩斯库小姐。"

"那塞拉斯是哪一种?"

她犹豫了会儿,然后说:"他是独来独往那种。"

阿不感到煎熬。塞拉斯教他东西时总是很有趣。许多时候,阿不甚至意识不到塞拉斯是在教导他。相比之下,卢佩斯库小姐上起课来一板一眼,照着清单往下教,阿不看不出学这些东西有什么意义。他坐在地窖里,想出去想到心痛。他渴望走进夏日的黄昏,渴望走在清幽的月色下。

终于挨到下课,阿不忍无可忍拔腿就跑。他想找小伙伴一起玩,可一个人也没看到,只有一只大灰狗穿梭在墓碑之间,出没于阴影内外,始终和他保持着不远不近的距离。

一个星期过去,情况越来越糟。

卢佩斯库小姐继续为阿不带来她亲手制作的食物:泡在猪油里的饺子;浓稠的紫红色汤羹,里面漂着一团酸奶油;煮熟又冷掉的小土豆;蒜味冷香肠;煮过头的鸡蛋,泡在倒胃口的灰色液体里。他尽可能少吃,应付过关就行。课程也还在继续。头两天,卢佩斯库小姐只是教他用各种语言呼救,只要阿不一走神或是没记住,她就会拿笔敲他的手指关节。到了第三天，她开始连珠炮似的考校他：

"法语？"

"Au secours."

"莫尔斯电码？"

"S-O-S。三短，三长，再三短。"

"夜魔语？"

"这太傻了。我连夜魔是什么都没记住。"

"它们长着无毛的翅膀，飞得又低又快。它们不会出现在这个世界，而是盘旋在前往古尔海姆途中的红色天空中。"

"我永远用不上这些东西，不需要知道。"

卢佩斯库小姐的嘴抿得更紧了，却只是说："夜魔语？"

阿不按照她教的方法，用声带后部发声，这是一种从喉咙深处发出的声音，像鹰的叫声。她抽了抽鼻子，"还算过得去。"

阿不恨不得塞拉斯马上回来。

他问卢佩斯库小姐："坟场里有时会出现一只大灰狗，和你来的时间差不多。是你的狗吗？"

卢佩斯库小姐拽了拽脖子上的领带。"不是。"

"课上完了吗？"

"今天上完了。今晚熟读我给你的单子，背下来，明天我来考。"

卢佩斯库小姐的单子是用淡紫色墨水印在白纸上的，闻起来有股奇怪的味道。阿不拿着它走到高处的山坡上，试着读一读，却老是忍不住分心。最后，他把单子一折，压在了一块石头下面。

这一夜是不会有人和他玩了。夏夜的月亮那么大，没人想玩，没人想聊天，没人想跑一跑或者爬一爬。

他下山回到欧文斯夫妇的墓里，想跟父母抱怨抱怨。可欧文斯夫人不喜欢听他说卢佩斯库小姐不好，一个字也不行，阿不猜测这只是因为卢佩斯库小姐是塞拉斯选的人，他觉得这不公平。至于欧文斯先生，就只会耸耸肩，然后开始跟阿不讲他年轻时当木工学徒的日子，说阿不如今能学这么多有用的东西，换作是他，不知得有多高兴。阿不觉得，这还不如欧文斯夫人呢。

"话说回来，这会儿你不是应该在学习吗？"欧文斯夫人问。阿不绞紧了双手，一言不发。

他踏着重重的步子回到坟场上，感觉没人爱他，也没人肯听他说话。

阿不沉浸在这彻头彻尾的不公平中，脚下踢着石子儿，在坟场里乱逛。他瞥见了那只深灰色的狗，试着招呼了一下，看它会不会过来跟自己玩，可它站得远远的。阿不很是挫败，捡起一块泥巴砸了过去。泥巴撞在旁边一块墓碑上，散得到处都是。那只大狗不赞同地盯着阿不看了一眼，转头跑进阴影里，走了。

男孩沿着西南侧的山坡往下走，绕开了老教堂——塞拉斯不在，他不想见到那个地方。他在一座坟墓前停下了脚步，因为它的样子正符合他此刻的心境：坟头有一棵橡树，被雷劈过后只剩一段焦黑的木桩，就像从山坡上伸出的一只利爪；坟墓上水渍斑斑，布满裂缝，墓上立着一块石碑，碑上悬着一个无头天使，天使的袍子活像一朵巨大而丑陋的树蘑菇。

阿不选了一丛草坐下来，觉得自己实在可怜。他恨所有人，甚至包括塞拉斯，因为他就这么走了，丢下自己一个人。他闭上眼睛，蜷成一个球，躺在草丛里沉沉睡去。

威斯敏斯特公爵、阿奇博尔德·菲茨休阁下、巴斯和威尔斯教区主教一同沿着大街往山上走来。他们个个干瘦枯槁，筋骨嶙峋，衣服破破烂烂，从一片阴影滑进另一片阴影，连跑带跳，无声潜行，跳过垃圾箱，一路都贴着篱笆背光的一面走。

　　他们三个都是小个子，和正常人比起来，像是在太阳底下被晒缩了水。他们小声地交谈着，类似这样的话："如果阁下您有什么更好的办法能弄清楚我们到底在哪儿，那就请他说出来，我会十分感激。否则，他就该闭上那张臭烘烘的大嘴！"还有，"我只能说，主教阁下，我知道这附近有个坟场，我闻到了"，以及，"要是您都能闻到，那我早就该闻到了，因为我的鼻子可比您的好得多，阁下"。

　　这些话都是在躲躲闪闪时边走边说的。他们在郊外人家的花园间窜来窜去，其中一个花园有狗（"嘘！"阿奇博尔德·菲茨休阁下用气声说，"有狗！"），为了避开，他们干脆跳到围墙上，从墙头飞快窜过的身影仿佛几只小孩个头的大老鼠。他们重新回到主街，拐上通往山顶的道路，很快就来到坟场的围墙边，然后像松鼠上树一样轻巧地蹿上墙头，嗅了嗅空气的味道。

　　"小心狗。"威斯敏斯特公爵说。

　　"在哪儿说不准。附近的什么地方。闻着不像是普通的狗。"巴斯和威尔斯教区主教说。

　　"有人连这个坟场都没闻出来，还记得吗？"阿奇博尔德·菲茨休阁下说，"就是条普通的狗。"

　　他们三个跳下墙头，手脚并用地穿过坟场，朝着雷劈树下的食尸鬼之门跑去。

　　月光下，食尸鬼之门边，他们停下了脚步。

"那是什么，在我们家门口，嗯？"巴斯和威尔斯教区主教问。

"哎呀！"威斯敏斯特公爵说。

阿不醒了过来。

眼前盯着他看的三张脸，大概就是木乃伊的样子，没有血色，皮干肉枯。五官倒是生动：嘴巴咧开，露出脏兮兮的尖利牙齿；眼睛滴溜晶亮；爪子一样的手指虚敲着动来动去。

"你们是谁？"阿不问。

"我们，"其中一个说——阿不这才发现，他们的个头只比自己大一点——"是非常重要的大人物。是的，就是我们。这位是威斯敏斯特公爵。"

个头最大的那个生物鞠了一躬，说："幸会。"

"……这位是巴斯和威尔斯教区主教——"

这个叫主教的生物龇着尖牙，伸出一根长得不可思议的舌头，在他和阿不之间晃来晃去，根本不像阿不心目中主教的样子。他浑身布满斑点，其中一块大圆斑横跨一只眼睛，倒有几分像海盗。"……至于我，有幸被称为阿奇博尔德·菲茨休阁下。愿为您效劳。"

三个生物整齐划一地鞠了个躬。巴斯和威尔斯教区主教说："该你了，我的孩子，你是怎么回事，嗯？不要说谎，记住，你是在和一名主教说话。"

"您说得对，主教阁下。"另外两个说。

于是，阿不把一切都告诉了他们。说怎样没有人喜欢他，没人愿意和他一起玩，怎样没有人欣赏他、在意他，又是怎样连他的监护人也抛弃了他。

"听得我都要哭了。"威斯敏斯特公爵说着，挠了挠他的鼻子（一个干得缩起来的小东西，应该就是鼻孔），"你要做的，就是去一个大家都喜欢你的地方。"

"没有这样的地方。"阿不说，"而且他们不许我离开坟场。"

"你需要一个到处都是朋友和玩伴的世界。"巴斯和威尔斯教区主教一边说，一边扭动着长长的舌头，"一座快乐的魔法之城，在那里你会受到喜爱，没有人会忽视你。"

阿不说："那位照顾我的女士，她做的食物可难吃了。煮过头的鸡蛋汤之类的，都是这种东西。"

"食物！"阿奇博尔德·菲茨休阁下说，"我们要去的地方有天底下最美味的食物，光是想想就让我肚子咕咕叫，口水哗哗流。"

"我能跟你们一起去吗？"阿不问。

"跟我们一起？"威斯敏斯特公爵听起来吓了一跳。

"别这样，阁下。"巴斯和威尔斯教区主教说，"发发善心。瞧瞧这小东西，不知道多久没吃过一顿像样的饭了。"

"我赞成带上他。"阿奇博尔德·菲茨休阁下说，"到我们那里有好东西吃。"他拍拍肚子，以示那里吃得有多好。

"啊哈。要不要玩个冒险游戏？"威斯敏斯特公爵自己也被这新奇的想法打动了，"还是说，你想一辈子都耗在这个地方？"他伸出瘦骨嶙峋的手指，指了指夜色中的坟场。

阿不想了想卢佩斯库小姐和她可怕的食物，她的课程单子，还有她抿紧的嘴。

"我选冒险。"他说。

三位新朋友的个头或许和他差不多，力气却比任何孩子都要大得多。没等阿不反应过来，巴斯和威尔斯主教就把他拎了起来，高高举过头顶，与此同时，威斯敏斯特公爵胡乱抓了一把脏兮兮的草，嘴里发出类似"斯咔呵！塞呵！咳哈哇嘎！"的叫声，然后一拉。坟上的平地碑就像地板门一样打开了，露出漆黑的洞口。

"快。"公爵说。巴斯和威尔斯教区主教把阿不抛进黑黢黢的入口，然后纵身一跃，后头跟着阿奇博尔德·菲茨休阁下，最后是威斯敏斯特公爵，他团起身子敏捷地跳进来，刚穿过入口，就喊了一声："危呵，喀勒多斯！"食尸鬼之门关闭，石板咔嚓一声落下，在他们头顶合拢了。

阿不感觉自己像颗弹珠一样在黑暗中翻滚，震惊得忘记了害怕，也不知道这个坟墓下面的洞有多深。这时，两只有力的手接住了他，掐在他腋窝下，带着他在沥青一般的黑暗中晃荡前行。

阿不已经很久没有感受过这样纯粹的黑暗了。在坟场里，他拥有与亡者同样的夜视能力，对他来说，没有哪一处坟墓、墓室或地窖是真正黑暗的。如今，他身处全然的黑暗之中，感觉自己被一下一下地接力往前抛，风呼呼地从身边掠过。这很吓人，却也很刺激。

直到前方透出光亮，一切都变了样。

天空是红色的，但不是日落那种温暖的红，而是愤怒的、灼烈的红，像伤口感染的颜色。太阳很小，看上去很远，似乎已经衰朽。空气冷飕飕的。他们正沿着一面墙不断往下走，墓碑和雕像从墙面上横伸出来，就像一片倾倒了九十度的巨大坟场。单看背影，威斯敏斯特公爵、巴斯和威尔斯教区主教，还有阿奇博尔德·菲茨休阁下活像三只套着破烂黑西装的干瘪黑猩猩，从这座雕像荡到那块石碑，把阿不抛过来又丢过去，来回倒腾，却总能轻松接住，从未失手，连看都不用看一眼。

阿不使劲仰起头，想看清楚他们是从哪座坟墓进入了这个古怪的世界，可除了墙上的墓碑，什么也看不到。

他有些好奇，现在飞荡着掠过的每一座坟墓，会不会都是一扇门，专为眼下带着他前行的这类人而开……

"我们要去哪里？"他问，可话刚出口就被风吹散了。

他们越走越快。阿不看到前方有一尊石像向上摆起，将另外两个生物弹入了这个血红色天空的世界，就跟带着阿不的这几个一样。其中一个穿着破破烂烂的丝质长袍，原本可能是条白袍子。另一个穿了件脏兮兮的灰色外套，尺寸大到极不合身，袖子已经碎成了布条。他们看到阿不和他的三个新朋友，立马冲了过来，轻轻松松一蹦六米远。

威斯敏斯特公爵发出一串咕噜噜的尖叫，假装被吓到了。阿不一行四个，和两个新来的生物你追我赶地顺着墙面往下荡。红色的天空中，燃烧殆尽的太阳好像一只死人的眼睛在盯着他们。没有谁显露出疲累的迹象，连气都不喘一下地往前赶。终于，他们在一尊巨大的雕像旁停了下来，雕像的整张脸都成了蘑菇培养皿。阿不被正式引见给中国皇帝和第三十三任美国总统。

"这是阿不少爷。"巴斯和威尔斯主教说，"他很快就要成为我们的一员了。"

"他在寻找一顿好饭。"阿奇博尔德·菲茨休阁下说。

"哦，等你变成我们的一员后，自然就能享受美味佳肴了，年轻人。"中国皇帝说。

"没错。"第三十三任美国总统说。

阿不说："我变成你们的一员？你是说，我要变成你们这样？"

"敏锐如鞭，犀利如钉，除非是夜里迷糊了起太晚，否则连一只苍蝇都逃不过你的眼睛。"巴斯和威尔斯教区主教说，"一点不错。成为我们的一员，和我们一样强壮，一样敏捷，一样战无不胜。"

"牙齿锐利坚固，咬碎一切骨头；舌头又尖又长，能从最长的骨头里掏出骨髓，从最肥的人脸上剔下血肉。"中国皇帝说。

"能穿行于阴影之间，神不知来鬼不觉。自由如空气，迅捷如思绪，冰冷如霜，坚硬如钉，危险如……如我们。"威斯敏斯特公爵说。

阿不看着这些生物，说："可是，如果我不想变成你们这样呢？"

"不想？你当然想！还有比这更好的事吗？我看这世上没有哪个灵魂不想变成我们这样。"

"我们拥有最好的城市——"

"古尔海姆。"第三十三任美国总统说。

"最好的生活，最好的食物——"

"想象一下，"巴斯和威尔斯教区主教插进来说，"从铅皮棺材里搜集来的黑色腐液是多么美妙的饮品！知道自己比国王和王后、总统和总理，或者一切英雄豪杰都更重要时，你能想象那种感觉吗？就好比人和甘蓝菜心，一个天上，一个地下。"

"你们是什么人？"阿不问。

"食尸鬼。"巴斯和威尔斯教区主教说，"天哪，有人根本没用心听我们说话啊，是不是？我们是食尸鬼。"

"看！"

在他们下方，一大群小个子生物正连蹦带跳地朝着更下方的一条小路赶去。不等他再多说一句，一双皮包骨头的手就把他抓了起来，在一连串的跳跃冲刺间凌空飞起，汇入下方的同类大军中。

坟墓墙眼看到了尽头，前方出现一条道路。什么都没有，只是一条路，一条被千万次踩踏出来的路，穿过一片不毛的平原，一片岩石和枯骨的荒漠，蜿蜒着伸向一座高耸于红色巨石山上的城市。

阿不抬眼望见那座城市，吓坏了。一种交织着反感和恐惧、恶心与憎恨的感觉油然升起，叫人不由得心惊肉跳。

食尸鬼不建造。它们是寄生虫，以腐肉为食。就连这座被它们称为古尔海姆的城市也不是它们造的，只是很久以前刚好被它们发现了。没有人知道是什么样的生物修筑起这座城市，在岩石上布满蜂巢般的孔道和高塔。但有一点是可以确定的，除了食尸鬼，再没有哪个生物愿意靠近这里，更别提住在里面。

即便是在低处的小路上仰望古尔海姆，相隔还有好几公里，阿不依然看得出来，这座城市的角度错得离谱，每一面墙壁都疯狂地倾斜着，就像一张龇着尖牙的巨嘴。把他做过的噩梦全部加在一起，也抵不上这样一个地方。这样一座城市，建来就是为了废弃的，里面的每一块石头都由建造者的恐惧、疯狂和憎恶幻化而成。而食尸鬼发现了它，兴高采烈地住进来，把它称为家。

食尸鬼们沿着荒漠中的这条小路飞速向前涌动，比飞翔的秃鹫还快。阿不被一双双强壮的食尸鬼胳膊举过头顶，从一个手里扔到另一个手里。他感到一阵作呕，又害怕又灰心，觉得自己蠢透了。

头顶上方，阴郁的红色天空中，有什么东西挥舞着巨大的黑色翅膀，盘旋着。

"小心。"威斯敏斯特公爵说，"把他藏好。别让那些夜魇偷走了。这些臭小偷。"

"没错！我们痛恨小偷！"中国皇帝大叫。

夜魇，飞翔在古尔海姆上方的红色天空里……阿不深吸一口气，扬声呼救，就像卢佩斯库小姐教他的那样，从喉咙深处发出鹰一般的召唤。

那些长翅膀的动物有了反应，其中一只循声而来，盘旋下降。阿不发出第二声长啸，却被一只硬邦邦的手捂住了嘴，将后半截叫声压了回去。"好主意，把它们引下来。"阿奇博尔德·菲茨休阁下说，"不过，相信我，不烂上至少两个星期，它们是没法吃的，只会找麻烦。我们彼此都没什么好感，嗯？"

那只夜魇穿过荒漠上干燥的空气，重新向上飞去，回到它的同伴中间。阿不的希望破灭了。

食尸鬼加快了速度，向着巨石山上的城市飞奔。这一次，阿不被不客气地甩到了威斯敏斯特公爵恶臭的肩膀上。

垂死的太阳落山了，两个月亮升起来。一个又大又白，看上去坑坑洼洼，升起时几乎占去了一半的地平线，升高以后倒是缩小了；另一个月亮小一些，色泽如同乳酪里的缕缕霉菌，绿中带蓝。对于食尸鬼来说，小月亮升起，意味着欢庆时刻到来了。它们停止急行军，在路边扎下营来。

食尸鬼队伍中的一个新成员——阿不记得之前介绍时说叫"著名作家维克多·雨果"——拎出一个麻袋，打开一看，里面装满了柴火，好几块上面还带着铰链和铜把手，此外还有一个金属打火机。著名作家维克多·雨果很快生起一堆火，所有食尸鬼都围拢过来，或坐或卧。它们望着空中那蓝绿色的月亮，争抢火堆旁最好的位置，彼此推搡叫骂，时不时地相互抓挠，甚至咬上几口。

"我们得赶紧睡觉，月亮落山后就出发去古尔海姆。"威斯敏斯特公爵说，"只要沿着这条路再走上九到十个小时，下一次月亮升起时，我们就该到了。到时候，我们开个派对，嗯？庆祝你完成仪式，成为我们的一员。"

"不疼的。"阿奇博尔德·菲茨休阁下说，"还没等你反应过来就完成了。在那之后，想想看吧，你该有多快乐。"

接着，它们全都七嘴八舌地说起故事来，说成为食尸鬼有多美妙，说它们用尖利的牙齿嚼碎并吞下了多少东西。它们不会生病，百毒不侵，所以，无论它们的晚餐是怎么死的，都不影响它们大快朵颐。它们说起从前去过的地方，听上去都是些地下墓窟和瘟疫坑。"瘟疫坑可是大饱口福的好地方。"中国皇帝说，所有食尸鬼都点头赞同。它们还把自己名字的由来告诉阿不，而他也会在完成转变之后成为一个没有名字的食尸鬼，然后，像它们一样得到一个好名字。

"可我不想变成你们。"阿不说。

"不管你想不想，你肯定会变成我们的一员，"巴斯和威尔斯教区主教兴高采烈地说，"要么这样，要么那样。另一种办法有点麻烦，得先把你消化掉，那就没有多少时间可以让你享受了。"

"快别说那些不中听的了。"中国皇帝说，"还是变成食尸鬼最好。我们无所畏惧！"

听到这话，围在棺材板火堆旁的食尸鬼全都高声嚎叫起来，它们咆哮着、歌唱着，夸耀自己是多么智慧，多么强壮，夸赞无所畏惧的感觉有多好。

就在这时，远处的荒漠里传来一声长啸。食尸鬼骚动起来，叽里咕噜地缩向火堆，挤得更紧了。

"那是什么？"阿不问。

食尸鬼们纷纷摇头。"就是荒漠里的什么东西吧。"其中一个悄声说，"安静！它会听到的！"

所有食尸鬼都安静下来，不过只安静了一会儿，很快，它们就忘掉荒漠里的那个东西，开始唱起食尸鬼之歌。歌里充斥着污言秽语和比那更糟糕的内容，其中最受欢迎的一段，就是列举腐烂尸体上可食用的部位和进食的顺序。

"我想回家。"听完歌曲的最后一节，阿不说，"我不想在这里了。"

"别这么说。"威斯敏斯特公爵说，"嘿，小笨蛋，我跟你保证，只要成为我们中的一员，你就再也记不起自己还有过一个家了。"

"变成食尸鬼之前的事情我全都不记得了。"著名作家维克多·雨果说。

"我也是。"中国皇帝骄傲地说。

"不记得。"第三十三任美国总统说。

"你就要成为天选的一员，我们是从古至今最聪明、最强壮、最勇敢的生物。"巴斯和威尔斯教区主教夸耀道。

阿不对食尸鬼的勇敢啊智慧什么的都没感觉，但它们的确很强壮，拥有非人的速度。夹在它们中间，想突围是不可能的。他大概都跑不出十米远，就会被它们追上来，抓回去。

遥远的夜色中，那东西又叫了一声。食尸鬼们簇拥得离火堆更近了。阿不听见它们抽着鼻子，嘀嘀咕咕地咒骂。他难过地闭上眼睛，想家了——他不想变成食尸鬼。他不知道，在这般绝望的处境中，要怎样才能睡得着觉。可出乎他的意料，他竟然一口气睡了两三个小时。

他是被一阵吵闹声惊醒的，声音很响，近在耳边，令人不安。有人在说："它们去哪儿了？嗯？"阿不睁开眼睛，看到是巴斯和威尔斯教区主教在冲着中国皇帝大吼。看情形，像是它们有几个同伴不见了，消失了，谁也不明白是怎么回事。余下的食尸鬼都坐立难安。它们迅速收起帐篷，第三十三任美国总统拎起阿不，甩到肩上扛了起来。

食尸鬼们慌慌张张地从石堆上爬下来，回到路上，头顶着暗沉的血色天空，朝古尔海姆赶去。这天上午，它们的兴致明显没有前一日高昂。如今看来——至少在一路被颠来颠去的阿不看来——这架势倒像是在逃跑，躲避什么。

正午时分，死人眼睛一样的太阳当空高悬，食尸鬼们停下来，挤作一团。在它们前方的高空中，十几只夜魇乘着蒸腾的热气不停盘旋，卷起阵阵热浪。

食尸鬼分裂成了两个阵营：一派觉得同伴的消失无关紧要；另一派认为，那几个家伙是被什么东西拖走的，说不定就是夜魇。它们没能达成一致，倒是都同意捡些石头来武装自己，万一夜魇飞下来，就用石头砸。于是它们从荒漠里捡起卵石，塞满衣服和袍子的口袋。

一声嗥叫从左边的沙漠里传来，食尸鬼们面面相觑。这一次，声音比夜里大一些，距离也更近，那是一种深沉的狼嗥一般的声音。

"你们听到了吗？"伦敦市长阁下问。

"没有。"第三十三任美国总统说。

"我也没有。"阿奇博尔德·菲茨休阁下说。

嗥叫声再次响起。

"我们得赶紧回家去。"威斯敏斯特公爵说着，举起了一块大石头。

噩梦般的城市古尔海姆就在它们前方那高耸的岩石之巅。这些生物沿着道路向它大步飞奔。

"夜魇来了！"巴斯和威尔斯教区主教大喊，"扔石头，砸死这些混蛋！"

阿不看什么都是颠倒的。他整个人倒挂在第三十三任美国总统肩上，被颠得上下乱撞，路上扬起的沙砾一个劲往脸上扑。不过他听到了熟悉的叫声，鹰一样的叫声，于是再次用夜魇语呼救。这一次没人顾得上来捂他的嘴了，但他不确定自己的声音能不能传出去，毕竟周围全是夜魇的叫声，还有食尸鬼一边扔石头一边不住嘴的咒骂声。

又一声嗥叫传来——这次是从他们右边。

"这些讨厌的东西太多了，有十几个。"威斯敏斯特公爵说，声音阴沉沉的。

第三十三任美国总统把阿不转交到著名作家维克多·雨果手上，后者把男孩往它的麻袋里一丢，再整个儿甩到肩上。阿不只能庆幸，这麻袋里只有朽木和灰尘的味道，还不算太糟。

"它们撤退了！"一个食尸鬼大叫，"看啊，它们走了！"

"别担心，孩子。"一个声音在麻袋边响起，听起来像是巴斯和威尔斯教区主教在说话，"等我们把你带到古尔海姆，就没这些乱七八糟的事了。那儿坚不可摧，那是古尔海姆。"

阿不也不知道有没有食尸鬼在和夜魇的对战中受伤或死掉，只是从巴斯和威尔斯教区主教骂骂咧咧的话语中推测，大概是有好几个食尸鬼跑了。

"加快速度！"有人在大喊，可能是威斯敏斯特公爵。食尸鬼们拔腿飞跑起来。麻袋里一点儿也不舒服，阿不不停地撞在著名作家维克多·雨果的后背上，时不时还会撞上地面，苦不堪言。更难熬的是，跟他一起装在麻袋里的还有好几块大木头，都是昨晚那堆棺材板篝火烧剩下的，木板上还带着尖利的螺钉。他的手掌刚好按在一颗螺钉上，被扎破了。

这位劫持者步子很大，每走一步都把阿不颠得七荤八素，可阿不还是设法将那颗螺钉抓在了右手心里。他摸了摸钉头，很尖。他的内心燃起了希望。接下来，阿不将钉头对准麻袋，用力戳下去，戳出一个洞，然后抽回来，往下挪一点，再戳出第二个洞。

他听到身后有什么东西再次嗥叫起来，突然意识到，这个能吓坏食尸鬼的东西或许比他想象的更可怕。他僵住了，举着手里的螺钉，没有继续扎下去——要是逃出了麻袋，结果却落进了邪恶怪兽的嘴里，该怎么办？不过转念一想，就算这样死掉，至少到死还是他自己，还拥有他所有的记忆，知道父母是谁，塞拉斯是谁，甚至卢佩斯库小姐是谁。

那就很好了。

他的黄铜螺钉再一次落在了麻袋上，扎进去，用力推，直到在袋子上又戳出一个洞来。

"大伙儿加把劲！"巴斯和威尔斯教区主教大喊，"爬上这些台阶，我们就到家了，进了古尔海姆就安全了！"

"好嘞，主教阁下！"有人高声欢呼，大概是阿奇博尔德·菲茨休阁下。

现在，他的劫持者改变了动作。不再是一直往前跑，而是一连串重复的动作：向上一跳，走两步，向上一跳，走两步。

阿不用手把一个洞眼抠大，凑上去看了看。上面，是阴沉的红色天空，下面……

……下面是一片荒漠，距离自己足足有上百米的落差。脚下是长长的台阶，一定是为巨人而造的台阶。阿不看不到古尔海姆，但一定就在头顶上方。他的右手边竖着一面赭红色的石墙，左边是陡峭的悬崖。钻出去的时候，必须垂直落在台阶上。但愿那些食尸鬼忙着逃命，逃回家里去，别发现他溜走了。他看见红色天空的高处，几只夜魔又盘旋着飞了回来。

值得高兴的是，身后没有别的食尸鬼。著名作家维克多·雨果跑在最后，不会有谁发现麻袋上破了个洞，而且还在越变越大。这样的话，等到阿不掉下来，自然也不会被发现。

可后头还有别的东西……

阿不被颠了一下，滚到了麻袋的另一边。在离开洞眼前，他瞥见一个巨大的灰色身影，正顺着台阶往上爬，追赶上来。他甚至能听到恼怒的低吼声。

欧文斯先生有句话，专门形容这种两难的境地："前有恶魔，后有深海。"阿不一直不太理解，毕竟他从小在坟场长大，既没见过恶魔，也没见过深海。

现在是"前有食尸鬼，后有大怪兽"了，他心想。

就在他琢磨这些的时候，一对尖利的犬牙叼住了麻袋，顺着阿不扎出的洞眼，把麻袋给撕开了。男孩滚落到石阶上。一头灰色的巨兽——像是狗，但比狗大得多——站在他的面前，爪子巨大，犬齿雪白，口涎滴落，眼里闪着怒火，发出隆隆的低吼。它喷着气，瞪着阿不。

前方，食尸鬼们停下了脚步。"该死该死！"威斯敏斯特公爵说，"地狱犬抓到了那个男孩。"

"别管他了！"中国皇帝说，"跑！"

"跑呀！"第三十三任美国总统说。

食尸鬼拾级狂奔。阿不现在可以确定，这些台阶肯定是巨人开凿出来的，因为每一级台阶都比他人还高。忙着逃命的食尸鬼还不忘中途停一停，转身冲着巨兽比几个粗鲁的手势，也许是冲着阿不。

巨兽没有动。

它要吃掉我了，阿不暗自叫苦，机灵点，阿不。他想起了坟场的家，却记不起自己究竟为什么非要离家出走。不管有没有这头怪物狗，他都要回家。那里还有人在等着他呢。

他猛地从巨兽身边冲过，跳向下一级台阶。一级台阶一米二，差不多等于他自己的身高。落地时，他脚崴了一下，一阵刺痛从脚踝处传来，他整个人重重地摔倒在岩石上。

他听到巨兽跑了两步，跟着跳了下来。阿不扭动着身子想要躲开，拼命尝试站起来，可是脚踝不管用，疼得不听使唤。还没站稳，又栽倒了。这一次，他滚下台阶，滚向了远离石墙的一侧，身下一空，从峭壁坠落下去。这一落简直就是噩梦，阿不都不敢想这究竟有多高……

就在滚下悬崖的一瞬间，他确定自己听到约莫是巨兽的方向传来一个声音。是卢佩斯库小姐的声音："噢，阿不！"

就像他做过的所有关于坠落的梦一样，划破长空，惊恐万分，一头扎向下方的大地。阿不的脑袋此刻只能装得下一件大事，所以，"那只大狗真的是卢佩斯库小姐"和"我要摔到地上了，摔得稀巴烂"这两个念头才会你争我夺，来回切换。

有什么东西裹住了他，和他以同样的速度下坠，然后，唰啦一声，皮质的翅膀展开。一切都慢了下来。地面不再像刚才那样高速地迎面拍来。

那双翅膀又用力拍了几下，带着阿不往上升。现在，阿不的脑子里只剩下一个念头："我飞起来了！"的确，他飞起来了。他抬起头，看到一个深褐色的脑袋，光溜溜的，没有一根毛，深邃的眼睛看起来就像两块擦亮的黑色玻璃。

阿不用夜魇语发出表示"救命"的尖叫，夜魇笑了起来，发出一串深长的唬唬声作为回应。它好像很高兴。

一个俯仰缓急，夜魇嘭地落地，回到了荒原上。阿不想站起身，可脚踝再次背叛了他，让他趔趄着跌倒在地。大风卷起粗糙的沙砾，刮得阿不皮肤生疼。

夜魇挨着他趴下，皮质翅膀收拢在背后。阿不在坟场长大，见惯了长翅膀的人，可夜魇长得跟墓碑上的天使完全不一样。

这时，就在古尔海姆的阴影之下，一头巨犬模样的灰色猛兽穿越沙漠，朝他们奔来。

大狗说话了，是卢佩斯库小姐的声音。

"阿不，这是夜魇第三次救你的命了。第一次是你呼救的时候，它们听到了，给我带了信，告诉我你在什么地方。第二次是昨天夜里你睡着的时候，它们潜在火堆周围的黑暗中，听到有几个食尸鬼说你会带来厄运，不如拿石头敲碎你的脑袋，把你丢在一边，等腐烂得差不多了再回来把你吃掉。夜魇悄悄把它们都解决了。还有就是这一次。"

"卢佩斯库小姐？"

巨犬的大脑袋凑下来，靠近他。有那么一瞬间，阿不吓得不轻，生怕被一口吞掉。可巨犬只是伸出舌头，关爱地舔了舔他的侧脸。"你的脚踝受伤了？"

"是的。我站不起来了。"

"先把你弄到我背上来吧。"灰色巨犬也就是卢佩斯库小姐说。

她用夜魔语的尖厉叫声说了句什么，那只夜魔便爬起来，把阿不送到巨犬的背上，让他抱住卢佩斯库小姐的脖子。

"抓住我的毛。"她说，"抓紧了。我们准备走了，现在跟我说……"她发出一声高亢的尖厉叫声。

"这是什么意思？"

"谢谢。或者再见。都可以。"

阿不尽力学着说了一遍，逗得夜魔咯咯直笑。它也发出一句类似的叫声，然后展开巨大的皮革翅膀，迎着沙漠的疾风用力拍打起来。借着风势，它被托上半空，就像起飞的风筝一样。

"现在，"其实是卢佩斯库小姐的巨兽说，"抓紧了。"说完便奔跑起来。

"我们要走那面坟场墙吗？"

"食尸鬼之门？不。那是给食尸鬼走的。我是上帝的猎犬。我有我自己的路可以走，从地狱穿过去。"阿不感觉她好像跑得更快了。

硕大的月亮和小一些的霉菌色月亮都升了起来，这一次，还多了一轮红宝石色的月亮。灰狼在月下稳稳地大步飞奔，穿过遍布枯骨的荒漠，最后在一座破败的黏土建筑旁停了下来。这座建筑就像一个巨大的蜂巢，造在一弯细细的水流边，水从荒漠的岩缝中汩汩流出，溅着水花落进一个小水洼，又很快流走。灰狼低下头去喝水，阿不则用手掬着，小口小口地一连喝了十几口。

"这就是边界了。"其实是卢佩斯库小姐的灰狼说。阿不抬头望去,三个月亮都不见了。现在,他能看到银河了。他望着眼前的景致,仿佛从来没有见过一样。银河就像一条荧荧闪烁的裹尸布,跨过天空的穹庐。天空中缀满了星星。

"它们真漂亮。"阿不说。

"等回去了,"卢佩斯库小姐说,"我教你这些星星的名字,还有它们组成的星座。"

"我想学。"阿不点头。

阿不重新爬上她巨大的灰背,把脸埋进柔软的皮毛,紧紧抓牢。几个呼吸之间,他就被抱在了卢佩斯库小姐的怀里。一个成年女人,笨拙地抱着一个六岁的孩子,穿过坟场,朝欧文斯夫妇的坟墓走去。

"他的脚踝受伤了。"是卢佩斯库小姐在说话。

"可怜的小东西。"欧文斯夫人说着,从她手中接过男孩,将他护在自己虽不强壮却足以令人安心的臂弯里,"我不能说我没有担心,我太担心了。不过他回来了,这比什么都重要。"

很快,阿不就舒舒服服地躺到了地下,躺在一个美好的地方,枕着自己的枕头,沉入了温柔的、筋疲力尽的黑暗之中。

阿不的左脚踝肿了起来,青紫一片。特里福西斯医生(1870—1936,"愿他在荣光中醒来")为他检查了患处,宣布只是扭伤。卢佩斯库小姐去了趟药店,带回来一卷脚踝绷带。约西亚·沃辛顿准男爵则坚持把他陪葬的乌木手杖借给阿不。阿不拄着手杖,假装自己是个百岁老人,玩得不亦乐乎。

他一瘸一拐地爬上山,从一块石头底下取回一张折起的纸。

## 上帝的猎犬

这几个字排在单子的第一行，是用紫色墨水印的。他继续往下读。

**一个种族，人们称之为"狼人"或"兽化人"，他们自称"上帝的猎犬"，认为自身的变形能力是造物主赐予的礼物，誓以坚韧顽强回报这份恩赐。他们会锲而不舍地追逐作恶者，直至地狱之门。**

阿不点了点头。

不只是作恶者。他心想。

他接着读这份单子，努力把它印在脑子里，然后下山去小教堂。卢佩斯库小姐在那里等他，这次她带来的是从山脚下一家炸鱼薯条店里买的一小块肉馅饼和一大包薯条，另外还有一沓紫色墨水复印的单子。

他们一起分享了薯条，有那么一两次，卢佩斯库小姐甚至笑了笑。

接近月底时，塞拉斯回来了。他左手拎着黑色皮包，右胳膊直挺挺地伸着。这可是塞拉斯啊！阿不见到他，别提有多于心了，收到塞拉斯的礼物就更开心了，那是一个旧金山金门大桥的小模型。

时近午夜，天还没完全黑下来。他们三个坐在山顶上，城市的灯火在脚下闪烁。

"看来，我离开的这段时间一切都很好。"塞拉斯说。

"我学到了很多东西。"阿不一手抓着他的大桥模型，一手指了指头顶的夜空，"那是猎户座，在那边，猎户的腰带上有三颗星星。那个是金牛座。"

"好极了。"塞拉斯说。

"你呢？"阿不问，"你走了这么久，学到什么了吗？"

"哦，是的。"塞拉斯回答，但没打算展开说。

"我也是。"卢佩斯库小姐一板一眼地说，"我也学到了一些东西。"

"很好。"塞拉斯说。一只猫头鹰站在橡树的枝条间，呼呼地叫了一声。"我在外面听到一些传言，说是几周前你们去了一个我追踪不到的地方。通常我会建议你们多加小心，不过，食尸鬼不太一样，它们记性不好。"

阿不说："没事的。有卢佩斯库小姐照看我，我没遇到什么危险。"

卢佩斯库小姐看着阿不，眼睛闪闪发亮。然后，她转向塞拉斯。

"要学的东西太多了。"她说，"也许明年夏天，我可以再回来教这个孩子。"

塞拉斯看着卢佩斯库小姐，一边眉毛轻轻地挑了挑，转头看向阿不。

"我很愿意。"阿不说。

# 4

# 女巫的墓碑

坟场边上葬着一个女巫，这是人人都知道的事情。从阿不刚记事起，欧文斯夫人就告诫他，要远离那一角天地。

"为什么？"他问。

"那地方对活人不好，不健康。"欧文斯夫人说，"潮湿得要命，简直就是一片沼泽。搞不好把小命弄丢了。"

欧文斯先生说得更含糊些，没什么想象空间。"那不是个好地方。"他只是这么说。

坟场本身向西一直延伸到山脚那棵老苹果树的位置。苹果树下围着一道锈色的铁栅栏，每根铁杆顶上都立着一个生锈的小尖头。栅栏外是一片荒地，乱糟糟地长着荨麻、野草和荆棘，落满了秋天留下的残枝败叶。大体上，阿不还是个听话的孩子，他从来不会钻出去，只是隔着栅栏朝外望一望。他知道大人们没有说出全部的真相，这让他有些恼火。

阿不回到山上，来到坟场入口处的小教堂，等待天黑。当暮色由灰变紫时，教堂尖塔里传来一阵响动，就像沉甸甸的天鹅绒抖动的声音。塞拉斯离开他的钟楼休息室，头朝着地面爬下了高塔。

"坟场最外面那个角落里有什么？"阿不问，"过了教区面包师哈里森·维斯特伍德还有他两个妻子玛莉恩和琼的墓，再往外一点。"

"怎么问起这个？"他的监护人一边说，一边用象牙色的手指掸去黑衣上的灰尘。

阿不耸了耸肩。"就是好奇。"

"那是未祝圣的土地。"塞拉斯说，"你明白这是什么意思吗？"

"不太明白。"

塞拉斯穿过小路来到长椅边，没有惊动一片落叶。他挨着阿不坐下来。"有的人相信，"他的声音宛如丝绸一般，"所有土地都是神圣的，无论在我们到来前，还是在我们离去后。但在这里，在你生活的这片土地上，人们要专门为教堂和埋葬逝者的土地祝圣祈祷，认为只有这样，它们才会变得神圣。而在这些神圣的土地旁边，他们又留出了一块没有经过祝圣的土地，称为'陶匠之田'，用来埋葬罪犯、自杀者和不信教的人。"

"这么说，埋在栅栏外的都是坏人？"

塞拉斯挑起一边完美的眉毛。"嗯？噢，也不能这么说。让我想想啊，我有好一阵子没走过那条路了。但我不记得那儿有什么特别坏的人。要知道，在过去，有人只因为偷了一个先令就被绞死。也总有人会对生活感到绝望，认为自己能做的最好的事，就是快些结束这一段人生，进入下一段。"

"你是说，他们自杀了？"八岁的阿不瞪大了眼睛，好奇地问。他可不笨。

"是的。"

"有用吗？他们死了以后更快乐了吗？"

"大多数并没有。就好像有人觉得搬个家，换个地方生活就能幸福，可到头来发现，这并不管用。无论走到哪里，你终究还是你自己。明白我的意思吗？"

"大概，一点点吧。"

塞拉斯抬起手，揉了揉男孩的头发。

阿不说："还有那个女巫呢？"

"对，还有女巫。"塞拉斯说，"自杀者、罪犯、女巫，那些没做临终忏悔的人。"他站起

身，暮色拖出暗黑的影子。"就聊到这儿吧。我还没吃早饭呢。你上课也要迟到了。"坟场的暮色中响起一记无声的爆裂，天鹅绒般的黑暗轻轻一抖，塞拉斯离开了。

阿不到达潘尼沃斯先生的陵墓时，月亮已经开始升起。托梅斯·潘尼沃斯（"他长眠于此，必将于无上荣光中重生"）已经等着了，心情不是很好。"你迟到了。"他说。

"抱歉，潘尼沃斯先生。"

潘尼沃斯不满地啧了一声。上个星期，潘尼沃斯先生教了有关元素说和体液说[1]的知识，阿不始终没搞明白哪个是哪个。他以为今天会有一场测试，可潘尼沃斯先生却说："我看是时候花点时间教你些实用的东西了。毕竟，时间不等人啊。"

"是这样吗？"阿不问。

"恐怕是的，欧文斯小少爷。好了，你的隐身术练得怎么样了？"

阿不真希望没被问到这个问题。"还好吧。我是说，您知道的。"

"不，欧文斯少爷，我不知道。你何不演练一遍给我看呢？"

阿不的心往下一沉。他深吸一口气，眯缝起眼睛，用尽全力尝试隐身。

潘尼沃斯先生很不满意。

"呵，不是那么回事儿。完全不是那么回事儿。滑行术和隐身术，孩子，亡者的方式。在阴影中滑行，自他人的意识中

---

1　古希腊学说。元素说认为世界由地、水、火、风四大元素构成。体液说认为人体内含有血液、黏液、黄胆汁、黑胆汁四种液体，它们的比例决定了每个人的性格气质。

隐身。再来一次。"

阿不更用力地试了试。

"你就跟你脸上的鼻子一样显眼。"潘尼沃斯先生说，"你还别说，你这鼻子还真是格外显眼。你脸上的其他部位也都一样，年轻人。还有你整个人。看在老天的分儿上，清空你的头脑。现在，你是空空的小巷，你是空空的门，你是无。没有眼睛能看见你，没有意识能察觉你。你的所在是空，没有物，也没有人。"

阿不又试了一次。他闭上眼睛，想象自己渐渐融进陵墓墙壁那斑驳的石块之间，渐渐消失，变成暗夜里的一片影子，区区一片影子。他打了个喷嚏。

"糟透了。"潘尼沃斯叹了口气，"相当糟糕。我看我得跟你的监护人谈谈这事儿了。"他摇了摇头："就这样吧。体液说，背一下。"

"呃。多血质、胆汁质、黏液质，还有一个，呃，应该是——抑郁质。"

课程继续，一直上到了语法和作文课的时间。这门功课的老师是利蒂希亚·伯罗斯小姐，本教区的老处女（"终其一生，她从未伤害任何人。读此铭者，你可如是？"）。阿不喜欢伯罗斯小姐，喜欢她小小墓室里的温馨舒适，也喜欢她能轻而易举地被岔开话题。

"他们说，未——未祝圣地里有一位女巫。"他说。

"是的，亲爱的。不过你不会想到那里去的。"

"为什么不会？"

伯罗斯小姐露出一个亡者的朴实笑容："他们和我们不是一类人。"

"可那也是坟场，不是吗？我是说，如果愿意的话，我是可以去那个地方的，对吗？"

"这个，"伯罗斯小姐说，"我不建议。"

阿不很听话，但也很好奇。所以，这一夜的课程结束之后，他越过了面包师哈里森·维斯特伍德一家的纪念碑（一尊断臂天使），却没有继续往下走进那片陶匠之田。相反，他沿着山坡往上走，来到三十多年前曾经有人来野炊过的地方，那里有一棵大苹果树，树下还有那次野炊留下的痕迹。

阿不已经学会了一些东西。几年前，他一口气吃了太多树上还没成熟的苹果，很酸，籽还是白的，结果肚子痛得抽筋，后悔了好些天。欧文斯夫人趁机教导他什么东西是不能吃的。所以，他现在总是等到苹果熟透了才会去吃，而且一晚上最多只吃两个或者三个。到上个星期为止，这一年最后的几个苹果已经被他吃完了，不过，他想事情时就喜欢到苹果树这里来。

他抱着树干往上爬，爬到他最喜欢的树杈上，望向山坡下那片陶匠之田。那是一片笼罩在月光下的杂草地，从没修剪过，荆棘丛生。不知道那个女巫是不是很老，满口钢牙，住在一座长着鸡腿的房子里到处跑？还是瘦骨嶙峋，鼻子尖尖，随身带一把长扫帚呢？

阿不的肚子叫了起来，他这才意识到自己饿了。要是他没那么急着把树上的苹果都吃光就好了，哪怕还剩下一个呢……

他抬头扫了一眼，好像看见了什么。于是定睛又一看，没有看错：一个苹果，红彤彤的熟透了的大苹果。

阿不很以自己的爬树技能为傲。他荡着往上爬，一根树枝，又一根树枝，想象自己变成了塞拉斯，轻巧敏捷地贴着笔陡的砖墙往上爬。月光下，那个苹果红得几乎发黑，悬在枝头，只差一点就能摘到。阿不踩着树枝慢慢往前挪，一直来到苹果的正下方。他伸长了胳膊，指尖已经碰到了那个完美的苹果。

可他没能尝到它的味道。

只听咔嚓一声，响亮得好像猎枪开火一样，他脚下的树枝断了。


一阵剧痛唤醒了阿不。他趴在夏夜的杂草地上，疼痛尖锐如冰锥，沉重如闷雷。

身下的地面还算软和，透出几分古怪的暖意。他伸出一只手去撑地，好像摸到了温暖的绒毛。是坟场看门人割草机里倒出的草叶，救了他一命。可胸口还是疼，腿也疼，应该是摔下来时这条腿先着地，扭伤了。

阿不痛苦地呻吟起来。

"哎哟哟——啊——小男孩，"一个声音从他背后传来，"你从哪儿来？像雷霆之石一样落下来。这究竟是怎么回事？"

"我刚才在苹果树上。"阿不说。

"啊，让我看看你的腿。依我说，肯定是断了，就像那根树枝一样。"冰冷的手指在阿不的左腿上按来按去，"没断。扭了，没错，大概是扭伤了。你的运气跟魔鬼一样好啊，男孩，掉在肥堆上了。不算太糟。"

"哦，太好了。"阿不说，"可还是疼。"

他扭头往后看。说话的是个女孩，比阿不大一些，但也没成年，看起来不算友好，却也说不上不友好。应该说是，有所戒备。她长了一张很聪明的脸，但一点儿也不好看。

"我叫阿不。"他说。

"那个活人男孩？"她问。

阿不点点头。

"我就知道是你。"她说，"我们听说过你，在陶匠之田那边。他们叫你什么？"

"欧文斯。"阿不说，"不是谁·欧文斯。阿不是小名。"

"你好，欧文斯小少爷。"

阿不上下打量着女孩。她穿着一条纯白色的直筒裙，披着一头暗棕色的长发，长相总叫人联想起地精——无论脸上是什么表情，似乎永远噙着一丝若有若无的笑。

"你是自杀的吗？"阿不问，"还是偷了一个先令？"

"我什么都没偷过，一块手帕都没有。"她高傲地说，"自杀的都在那边，那棵山楂树再过去。绞死的在黑莓地里，两个都在。一个是造假钱的，另一个是拦路打劫的强盗——他自己是这么说的，但你要问我的话，我怀疑他顶多就是个普普通通的小毛贼，夜里行动的那种。"

"啊。"阿不想到了什么，试探着说，"他们说，这儿还埋了一个女巫。"

女孩点点头："被水淹，被火烧，然后埋在这里，连一块做标记的石头都不给。"

"你被淹了，还被烧了？"

女孩挨着阿不在草料堆上坐下，冰冷的双手搭在他抽痛的腿上。"他们天不亮就冲进我的小屋，我还没清醒过来，就被他们拖到了草地上。'你是女巫！'他们大吼大叫，一个个膘肥体壮，大清早搓得粉扑扑的，活像赶集日里洗刷待宰的猪。他们一个接一个地站出来，指天画地地说什么牛奶酸了，马瘸腿了。最后站起来的是杰米玛女主人，最胖，最粉嫩，洗刷得最干净的那个，说所罗门·波利特拿她当陌生人，反倒是像围着蜜罐子打转的黄蜂一样，整天在洗衣房周围晃悠，她说这都是因为我施了魔法才把他变成那样，说那个可怜的年轻人准是中了邪。所以他们就把我绑到惩戒凳上，连凳子一起沉到鸭塘里，还说如果我是女巫，就不会被淹死，也不会在乎这个，如果不是，我就会有感觉。杰米玛女主人的父亲给了他们每人四便士，让他们把惩戒凳摁在那个发臭的绿水塘里，摁了很长时间，看我会不会呛水。"

"你呛水了吗？"

"哦，呛了。整个肺里都灌满了水，把我呛死了。"

"噢。"阿不说，"那你根本就不是女巫。"

女孩用她亮晶晶的鬼眼睛盯着阿不，突然歪嘴一笑。她的模样还是像个地精，可看起来是个漂亮的地精了。阿不觉得她并不需要靠魔法去吸引那个所罗门·波利特，甚至连这样一个笑都用不上。

"什么话。我当然是女巫。他们把我从惩戒凳上松开，摊在草地上时，才发现这一点。我已经死了九成，浑身挂满浮萍和臭烘烘的烂泥。我朝天翻着白眼，诅咒那天早晨在村子草坪上的每一个人，诅咒他们全都不得好死，死后也不得安宁。没想到诅咒来得那么容易，我自己都很惊讶。就像跳舞一样，你的耳朵听到一个全新的拍子，不用等过脑子，你的脚就跟上了，自然而然地跳起来，一直跳到黎明到来。"她站起身，转了个圈，轻轻踢脚，光洁的脚在月下闪闪发亮。"我就这样，用呛满臭水的肺里剩下的最后一口气诅咒他们，然后才死去。他们在广场上点火焚烧我的尸体，全部烧成了焦炭，一点不剩。然后，他们在陶匠田里挖了个坑，把我扔进去，连块墓碑都不给我立，名字都不留。"说到这里，她停顿了一下，有那么一瞬间，像是流露出一丝哀伤。

"那，那些人里有谁是埋在这片坟场里的吗？"阿不问。

"一个也没有。"女孩的眼睛里闪起亮光，"就在他们淹死我还烧了我之后的那个星期六，一张毯子寄到了波利特主人手里，从伦敦城一路寄来的上好的毯子。后来他们才知道，那张毯子上除了柔韧的羊毛和精巧的图案，还藏着瘟疫。到了星期一，有五个人已经开始咳血，皮肤变得跟我从火里被拖出来时一样黑。一个星期后，村子里的人差不多都染上了这个病。有人在村子外面挖了个瘟疫坑，把大大小小的尸体一股脑儿丢了进去，然后又把坑给填了。"

"全村人都死了？"

她耸了耸肩："看着我淹死和被烧的人都死了。你的腿怎么样了？"

"好些了。谢谢。"阿不慢慢站起身，一瘸一拐地从草堆上爬下来，靠在铁栅栏上。

"这么说，你一直都是女巫？"他问，"我是说，在你诅咒那些人之前就是吗？"

"哼，要叫所罗门·波利特围着我的屋子转，"她嗤之以鼻，"好像还非得靠魔法似的。"

答非所问。阿不心里嘀咕，但没说出来。

"你叫什么名字？"他问。

"连个墓碑都没有，"她的嘴角垮了下来，"我可以是任何人。你说呢？"

"可你一定有个名字。"

"你要是愿意，就叫我丽萨·汉普斯托克。"她尖声说。隔了会儿，她又说："这要求不算过分吧？只是想要个东西来标记我的坟墓。我就在那下面，看见了吗？除了荨麻什么也没有，没有东西标记我的安身之处。"她看起来是那样悲伤，有那么一瞬间，阿不很想抱抱她。从栅栏钻回坟场时，他忽然灵机一动：他要为丽萨·汉普斯托克找一块墓碑，刻上她的名字。他想让她笑起来。

上坡前，他转过身挥手道别，可女孩已经不见了。

坟场里有许多破碎的墓碑和雕像，都是其他人的，阿不心里明白，不能拿它们给陶匠田里的灰眼睛小女巫，那样不对。一定要比这些东西更好才行。他打定主意，悄悄把盘算藏在心里，不告诉任何人。他知道大人们一定会阻止他，毕竟，他们也不是完全没有道理。

接下来的几天，他满脑子都是这些计划，而且一个比一个更复杂、更不切实际。潘尼沃斯先生简直绝望了。

"我当真觉得，"他揪着灰扑扑的胡子，大声说，"你是越练越差了。这哪是隐身！孩子，你太显眼了。哪怕你和紫色的狮子、绿色的大象、穿着皇袍骑在红色独角兽上的英格兰国王一起出现，我敢说，所有人盯着的还是你，只看得到你一个，其他的统统无关紧要，看不到。"

阿不却只是愣愣地看着他，一言不发。他在想，不知道活人住的地方有没有那种特别的商店，专门卖墓碑的，如果有的话，他该怎么做才能溜出去找到一家呢。至于隐身术，那是眼下所有问题里最不重要的。

伯罗斯小姐的注意力很容易被引开，丢下语法和作文去说其他东西，阿不趁机问起有关钱的问题——它们究竟是怎么用的，怎样才能用钱换回自己想要的东西。阿不这些年攒了不少硬币。他早就发现，最容易找到钱的地方就是那些谈情说爱的情侣待过的地方。他们在坟场的草地上拥抱、亲吻，滚来滚去。他总能在这些地方找到硬币。现在，这些钱说不定终于能派上用场了。

"一块墓碑要多少钱？"他问伯罗斯小姐。

"在我那个时候，十五几尼一个。不知道现在要多少钱。我猜要贵一些。贵得多得多。"

阿不有两英镑五十三便士。他很肯定，这不够。

距离阿不探访靛蓝人的坟墓已经过去了四个年头，差不多是他人生的一半，但他还记得路。他朝山顶爬去，直到整个镇子都落在他的脚下，爬得比那棵苹果树的树冠还高，比小教堂的塔尖还高，一直爬到弗罗比舍的陵墓前。它立在那里，好像一颗虫蛀的牙。阿不穿墙而入，找到那副棺材的背面，沿着狭窄的石阶深入山腹，一直下，一直下，直到抵达那间石室。这里很黑，像锡矿的矿坑一样黑。好在阿不拥有亡者的视力，墓室的一切秘密在他面前袒露无遗。

杀戮者盘踞在古墓的墙壁里。他能感觉到。和他记忆中的一样，那是某种看不见的东西，是憎恨与贪婪的卷须，烟雾般丝丝缕缕，缭绕其间。不过，这一次他不再害怕了。

"惧怕我们。"杀戮者窃窃低语，"我们守护珍宝，永不丢失。"

"我不怕你们。"阿不说，"记得吗？我这次要拿走一些东西。"

"没有东西能够离开。"盘踞在黑暗中的声音回答道，"刀、胸针、酒杯。杀戮者隐身黑暗，**守护它们。我们等待。**"

"原谅我这么问，"阿不说，"不过，这是你们的坟墓吗？"

**"主人派我们守护平原，将我们的头颅埋于此石之下。主人离开，我们坚守职责。我们守护珍宝，等待主人归来。"**

"我看他早就把你们忘得干干净净了。"阿不直言不讳，"我敢肯定，他自己都已经死了很久了。"

**"我们是杀戮者。我们守护。"**

不知道平地上的坟墓要经过多少岁月才会像这样沉入山腹最深处，但一定是非常、非常长的一段时间。阿不感觉到杀戮者的恐惧气息像食肉植物的卷须一样向自己涌来。他开始浑身发冷，反应迟钝，就像被某种生活在北极的毒蛇咬中，冰冷的毒液开始泵进身体里。

他抢前一步，来到岩板前，伸手握住了那枚冰冷的胸针。

"嘶！"杀戮者嘶声低语，**"我们为主人守护珍宝。"**

"他不会在意的。"阿不说着，退后一步，朝石阶走去，小心地避开了地面上人与动物的枯骨。

杀戮者愤怒地翻滚起来，宛如伴随鬼怪的烟雾一般，在小小的石室中盘旋。片刻之后，它慢了下来。**"它会归来，"**杀戮者的三重声音叠在一起，**"终将归来。"**

阿不顺着石阶在山腹里拼命往上跑。有那么一刻，他觉得背后有东西在追，可一直到他冲回山顶，爬进弗罗比舍的陵墓，呼吸到黎明冷冽的空气，也没有任何动静。没有东西跟上来。

阿不坐在山顶的空地上，手里握着胸针。他本以为胸针是纯黑的，到太阳出来才发现，嵌在黑色金属中心的石头是一种漩涡状的红色。这石头约莫有一个知更鸟蛋大小，阿不盯着它，想看看里面是不是有东西在动。他的眼睛和灵魂都深深地沉入了这个猩红的世界。如果阿不年纪再小一些，可能会忍不住把它放进嘴里去。

这块石头被黑色的金属环扣固定着，环扣像个爪子，上头还盘着别的东西，看起来像是蛇，只是头也太多了些。阿不心想，假如杀戮者出现在日光下，会不会就是长成这个样子？

他一路抄着近路走下山，穿过巴特利家坟头缠绕网结的常春藤（坟里传来巴特利一家嘟嘟哝哝的声音，他们准备睡觉了），继续走啊走，钻出栅栏，来到陶匠之田。

他一边张望一边大喊："丽萨！丽萨！"

"早上好啊，小笨蛋。"丽萨的声音传来。阿不看不见她，不过，山楂树下多了一片影子，他走过去，影子幻出隐约的形状，在晨光下微微透明，泛着珍珠般的光泽。那是一个女孩的形状，灰色眼睛的影子。"这会儿我该睡得正香呢。"她说，"又怎么了？"

"你的墓碑，"阿不说，"我想问问，你希望上面写些什么？"

"我的名字。上面一定要有我的名字，大写的 E，伊丽莎白的 E，跟我出生时死掉的老女王一样。还有一个大写的 H，汉普斯托克的 H。就这样，其他都无所谓，反正我也不会拼我的名字。"

"年份日期呢？"阿不问。

"征服者威廉一世，1066 年。"她唱歌般地说，声音飘散在穿过山楂树吹来的微微晨风中，"如果可以的话，一个大写的 E，还有一个大写的 H。"

"你有工作吗？我是说，不当女巫的时候？"

"我洗衣服。"死去的女孩说。话音刚落，清晨的阳光洒下来，荒地上只剩下了阿不一个人。

现在是早上九点，全世界都睡着了。可阿不决定保持清醒。毕竟，他有任务在身。对八岁的阿不来说，坟场外面的世界已经吓不到他了。

衣服。他需要衣服。他知道，平时穿的灰色裹尸布肯定不行。虽然在坟场很合适，跟石头和阴影一个颜色，可要是这么穿出去，未免惹眼。既然打算到坟场外面闯一闯，他就得融入那个世界。

老教堂下面的地窖里有几件衣服，可阿不不想去，哪怕是大白天也不愿意。他做好了在欧文斯夫妇面前辩解的准备，却无法直面塞拉斯。一想到那双黑色的眼睛里闪烁着愤怒，甚至失望，他就觉得羞愧难当。

坟场另一头有个园丁小屋，一栋小小的绿色房子，散发着机油的味道，那里扔着一台生锈荒废的旧割草机，还有各式各样古老的园艺工具。小屋在最后一任园丁退休以后就废弃了，那时阿不还没出生。维护坟场的任务后来便由市议会和"坟场之友"的本地志愿者分担。每年四月到九月，他们会派人每月来割一次草，清理坟场道路。

小屋门上挂着一把巨大的锁，以防屋里的东西丢失。不过，阿不早就发现，屋子背后有一块墙板松动了。有时想要独处，他就会到园丁小屋里坐一坐，想想心事。

他知道小屋门背后挂着一件棕色的工装夹克，不知是谁忘了还是不要了，已经挂了很多年。另外还有一条园丁牛仔裤，沾满绿色的斑斑点点。牛仔裤对他来说太大了，他把裤腿卷起来，一直卷到脚踝上，又找出一条棕色的园艺麻绳，系在腰间当腰带，凑合能穿。角落里放着一双靴子，他试了一下，实在太大了，上面还结着厚厚一层泥巴和水泥，穿上连步子都迈不开，靴子就这么留在原地，纹丝不动。阿不先从松动的墙板缝里把夹克塞出去，自己再跟着钻过去，穿上衣服。他把袖子卷起来，双手往大大的夹克口袋里一插，感觉相当潇洒。

阿不一路下山，走到坟场大门前，隔着铁门栏杆往外看了看。大街上，一辆公交车正哐啷哐啷地开过，小汽车来来往往，有点吵，路两边还开着些店铺。而在他身后，是一片阴凉的绿野，树木繁茂，藤蔓丛生——那是他的家。

阿不的心怦怦直跳。他走出来了，走进了这一个世界。

阿巴纳泽·伯尔格这辈子见过各种各样的怪事儿。假如你拥有一家像他那样的店铺，肯定也会遇见这些事情。这家店铺开在街巷纵横的老城区里，有点像古董店，有点像杂货店，还有点像典当铺子（就连阿巴纳泽自己都说不清究竟更像哪一种），引来了各种稀奇古怪的人，有人想买东西，有人要卖东西。阿巴纳泽·伯尔格做台面上的生意，买进卖出，可更多的是台面底下的生意，在店铺后头的小屋里收进那些来路算不上太明白的东西，再悄悄转手卖出去。他的生意是座冰山，表面上只有这间布满灰尘的小店，其他的全都藏在水下。而这正合他的心意。

阿巴纳泽·伯尔格戴一副镜片很厚的眼镜，脸上永远挂着淡淡的厌烦，像是刚尝出来加在茶里的牛奶变质了，满嘴酸败的味道怎么也去不掉。这副表情在有人想卖东西时特别管用。"老实说，"他会苦着脸对他们说，"这东西根本不值什么钱。不过，我还是尽量给你算一点，怎么说也是有感情的东西。"多幸运啊，无论多少，你总还是能得偿所愿，从阿巴纳泽·伯尔格手里换回一点东西。

像这样的生意总会引来一些怪人，阿巴纳泽这辈子没少骗过这些人的钱，但那天早上走进来的男孩算得上是最怪的一个。他看上去七岁上下，穿着爷爷的衣服，浑身上下透着一股子工棚的味道，头发又长又乱，一脸严肃。男孩的双手深深地插在一件脏兮兮的棕色夹克口袋里，可即便这样藏着，阿巴纳泽也能看出，他的右手里死死地攥着什么东西——保护式的那种攥法。

"您好，打搅了。"男孩说。

"啊呀，啊呀，小家伙。"阿巴纳泽·伯尔格警惕地说。小孩儿，他心想，要不就是偷了什么东西，要不就是想卖玩具。不管哪种，他通常都是拒绝的。要知道，从小孩手里买偷来的东西，紧接着就会冒出个怒火冲天的大人，指责你用十块钱就从小约翰或者小马蒂尔达手里骗走了他们的结婚戒指。小孩子，太麻烦，不值得。

"我需要钱，为朋友做个东西。"男孩说，"所以我想，也许你会愿意买下我的东西。"

"我不从小孩手上买东西。"阿巴纳泽·伯尔格直截了当地说。

阿不从口袋里抽出手来，将一枚胸针放在灰蒙蒙的柜台上。伯尔格垂下眼皮扫了一眼，却立刻定住了眼神。他摘下眼镜，从柜台上拿过一枚接目镜，卡到眼睛上，又打开一盏小灯，透过接目镜细细检查那枚胸针。"蛇石[1]？"他不是问男孩，

---

1　即菊石化石，一种类似鹦鹉螺的远古海洋软体动物的化石。古代英格兰人认为它们是石化的盘蛇，因此称之为蛇石。

而是自言自语。片刻后，他取下接目镜，重新戴上眼镜，脸色阴沉，用怀疑的眼神盯着男孩。

"这个东西，你从哪儿弄来的？"阿巴纳泽·伯尔格问。

阿不说："你要买吗？"

"你偷的。从博物馆或者什么地方偷出来的，是不是？"

"不是。"阿不断然否定，"你要买吗？还是说，我应该去找其他愿意买的人？"

阿巴纳泽·伯尔格收起他凶恶的样子，转眼就变得和蔼可亲，露出一个灿烂的笑容。"很抱歉。"他说，"只不过一般不太能见到这样的东西。在我这样的店铺里不太常见。事实上，在博物馆之外都很少能见到。是的，我当然很喜欢。要不，咱们坐下喝杯茶，吃点小饼干？我在里屋还有一包巧克力脆饼。我们可以边吃边商量，这东西该值多少钱。嗯？"

看到男人终于和善起来，阿不松了一口气。"我只要够买一块石头就行。"他说，"一块墓碑，给我朋友的。好吧，也不太算是朋友，只是一个我认识的人。是这样的，我想是她帮我治好了我的腿。"

阿巴纳泽·伯尔格没太在意男孩这颠三倒四的话，径直把他让进柜台里，打开了储藏室的门。那是个没有窗户的小房间，每一寸地面上都高高地堆着摇摇欲坠的纸板盒子，塞满了杂七杂八的东西。墙角有个老式的大保险柜，还有一个箱子，里面塞着几把小提琴、一堆动物标本、几把缺了椅面的椅子，外加一些书和印刷品。

靠门边放着一张小书桌，阿巴纳泽·伯尔格拖出唯一的一把椅子，自己坐了下来，任由阿不站着。他拉开一个抽屉翻来翻去——阿不看到里面有一瓶空了一半的威士忌——翻出一包没剩下几片的巧克力脆饼，拿出一片，递给男孩，然后打开书桌上的台灯，再次查看那枚胸针，石头上有红色和橙色的漩涡状纹路。他又检查了嵌着石头的黑色金属底托，看到那些蛇头一样的东西时，脸上禁不住露出一丝波动，又强行按捺下去。"是个老物件了。"他说，"这东西——"他心想，无价之宝——"大概也不值几个钱，不过谁知道呢。"阿不的脸垮了下来。阿巴纳泽·伯尔格努力摆出一副让人宽心的模样。"只要能确定它不是偷来的，我还是能给你一个便士。你是从妈妈的梳妆台里拿来的吗？从博物馆里偷的？你可以告诉我。我不会告诉别人，只是得先了解情况。"

阿不摇了摇头，只是咬着他的饼干。

"那你是从哪里弄来的？"

阿不没有说话。

尽管阿巴纳泽·伯尔格很不情愿放下那枚胸针，却还是把它搁在桌面上，推给男孩。"你不说的话，"他说，"那还是把它拿回去吧。毕竟，买卖双方得有信任。很高兴和你谈生意。不过抱歉，我们不能继续了。"

阿不为难起来。他想了想，说："我在一座古墓里找到的。不过我不能说是哪里。"他没再往下说，因为阿巴纳泽·伯尔格挂在脸上的和气已经被赤裸裸的贪婪和兴奋取代。

"里面还有这样的东西吗？"

阿不说："你要是不想买的话，我就找其他人去。谢谢你的饼干。"

伯尔格说："你很着急啊。我猜猜，是爸爸妈妈在等你？"

男孩摇了摇头，可下一秒就后悔了，应该点头的。

"没有人在等。很好。"阿巴纳泽·伯尔格一把抓起胸针，

"现在，老老实实告诉我，你是在什么地方找到这东西的。嗯？"

"我不记得了。"

"现在说这些已经晚了。"阿巴纳泽·伯尔格说，"我觉得你能想起来。等你想好了，我们再谈一谈，到时候，你会告诉我的。"

他起身走出房间，关上门，还掏出一把金属大钥匙，把门给锁死了。

然后，他摊开掌心，看着胸针，贪心地笑了起来。

店门上的铃铛"叮"地响了一声，提醒他有人进店了。他心虚地抬起头，却没看到人。门倒是开着一条缝，伯尔格走过去把它关严实。保险起见，他又把挂在窗前的牌子翻成"停止营业"，最后扣上门闩。今天，他不希望有任何人来打扰。

晴朗的秋日变得阴沉起来，小雨落在店铺脏兮兮的窗玻璃上，淅淅沥沥地响。

阿巴纳泽·伯尔格拎起柜台上的电话听筒，毫不犹豫地按下号码。

"发财了，汤姆。"他说，"快过来，越快越好。"


听到锁芯转动的声音，阿不才意识到自己被关起来了。他用力拽门，可门锁得很牢。竟然就这么被骗了进来，他觉得自己真蠢，怎么会蠢到不相信自己的直觉呢，他就该离这满脸阴沉的男人远远的，有多远跑多远。他违反了坟场的全部规则，一切都错了。塞拉斯会怎么说？还有欧文斯夫妇？他察觉到自己开始慌了，可他努力忍住，把担忧压到心底。不会有事的。他知道。首先得想办法出去……

他细细查看这困住自己的房间。就是一个储藏室，放了一张书桌，仅此而已。唯一的出口就是那扇门。

他拉开书桌抽屉，只找到几个装着颜料的小瓶子和一支给古董上色的画笔。说不定把颜料泼到那个男人脸上，糊住他的眼睛，可以争取到足够的时间逃跑？他拧开一瓶颜料，伸出一根手指去蘸了蘸。

"你在做什么？"一个声音贴在他的耳边问。

"没什么。"阿不说着，拧上瓶盖，把颜料瓶塞进巨大的夹克口袋里。

丽萨·汉普斯托克看着他，好像只是随口一问的样子。"你怎么在这里？"她问，"外面那个老肥猪是谁？"

"这是他的店。我本来是想来卖东西的。"

"为什么？"

"不关你的事。"

她抽了抽鼻子，说："好吧。你应该回坟场去。"

"我回不去。他把我锁在这儿了。"

"你当然可以。穿墙出去就——"

阿不摇摇头。"不行。我只有在家才可以，他们给了我坟场自由行动权，在我还是个婴儿的时候。"他抬头看向灯光下的丽萨。她的模样还是看不太清楚，但没关系，阿不这辈子都在跟死人聊天。"话说回来，你在这里做什么？你怎么从坟场出来了？现在可是白天。你又不是塞拉斯。你该待在坟场里吧。"

"那些规矩对坟场里的人有用，对埋在不洁之地的没用。没人告诉我什么该做，哪里可以去。"她盯着房门看了会儿。"我不喜欢那个人。"她说，"我去看看他在干什么。"

影子一闪，房间里又只剩下阿不一个了。他听到远处传来隆隆的雷声。

凌乱幽暗的伯尔格古董店里，阿巴纳泽·伯尔格狐疑地抬头看了看。他很清晰地感觉到有人在看着他，转念一想，又觉得自己在犯傻。"那小孩关在储藏室里。"他安慰自己，"店门也锁了。"他正在抛光蛇石外圈的金属环扣，动作轻柔，小心翼翼，就像发掘文物的考古学家一样，一点点去除表面的黑色，露出下面闪亮的银质。

他有点后悔给汤姆·霍斯汀斯打电话了，虽说这个大块头吓唬人很管用。他甚至开始懊恼，等处理完，这枚胸针就要卖掉了。它很特别。在柜台的小灯下，它越是闪亮，伯尔格就越是想要把它据为己有，只属于他一个人。

不过，还有呢，就在它来的那个地方，还有更多。那个男孩会告诉他的。那个男孩会带他去。

那个男孩……

他突然想到了什么，依依不舍地放下胸针，拉开柜台下面的一个抽屉，掏出一个金属饼干罐子，里面装满了信封、卡片和各种纸片。

他伸手进去，抽出一张卡片，比一般的名片稍微大一点，有一圈黑边。但上面既没印姓名，也没有地址。只有一个手写在正中心的单名，墨水已经褪成了棕色：杰克。

卡片背面是阿巴纳泽·伯尔格用铅笔写下的小字，一笔一画都很清楚，以防自己忘记。但他不太可能忘记怎么使用这张卡片，怎么用它召唤那个叫杰克的男人。不，不是召唤。是邀请。像那样的人，是不可以召唤的。

店铺外面响起敲门声。

伯尔格把卡片扔在柜台上，走到门边，凑上去往外看了一眼。外面是个湿漉漉的下午。

"快点。"汤姆·霍斯汀斯大声叫道,"这鬼天气,一塌糊涂。我都湿透了。"

伯尔格拉开门闩,汤姆·霍斯汀斯推门走进来,雨衣和头发都淌着水。"什么事情这么要紧,还不能在电话里说了?"

"我们发财了。"阿巴纳泽·伯尔格说,仍然一脸阴沉,"这个。"

霍斯汀斯脱掉雨衣,挂在店门背后。"怎么回事?哪辆卡车后面掉出好东西来了?"

"宝藏。"阿巴纳泽·伯尔格说,"双份儿的。"他领着朋友来到柜台边,就着小灯,把胸针亮给他看。

"看起来有些年代了。"

"异教徒时代的。"阿巴纳泽说,"很早期,德鲁伊时代,罗马人来之前的。这个叫蛇石,只在博物馆里才有。我从没见过这种金属工艺,更没见过精致到这个程度的。肯定是哪个国王的东西。找到它的小孩说是从一个古墓里弄来的——想想看吧,一座古墓,里面全是这样的东西。"

"说不定可以走合法的路子。"霍斯汀斯若有所思地说,"就说是收藏品,公布出去。他们只能按市价付给我们,我们甚至可以要求用咱俩的名字来为它命名。霍斯汀斯-伯尔格馈赠。"

"伯尔格-霍斯汀斯。"阿巴纳泽下意识地说。顿了顿,又说:"我认识几个人,那种真正的有钱人,开价能比市价高,只要他们也像你现在这样,"——汤姆·霍斯汀斯正像爱抚小猫那样轻轻地抚摸那枚胸针——"那就什么问题都没有了。"他伸出手,汤姆·霍斯汀斯不情不愿地把胸针还给他。

"你说是双份宝藏。"霍斯汀斯说,"还有一个是什么?"

阿巴纳泽·伯尔格拈起那张黑边卡片,举起来给他的朋友看："知道这是什么吗？"

他的朋友摇了摇头。

阿巴纳泽把卡片放回柜台上："有一伙人，一直在找另一伙人。"

"所以呢？"

"我听到的说法是，"阿巴纳泽·伯尔格说，"另一伙人就是个小男孩。"

"小男孩遍地都是。"汤姆·霍斯汀斯说，"满地乱跑，到处惹麻烦。我是受不了他们。这么说，是有一伙人在找某一个特别的小男孩？"

"这小子年纪差不多对得上。他穿得——嘿，你看一眼就知道他什么样了。而且这东西是他找到的。很可能就是他。"

"如果是他的话，又怎么样呢？"

阿巴纳泽·伯尔格重新拿起那张卡片，拈着一角，缓缓地前后晃了晃，仿佛有一簇火焰正沿着卡片边缘燃烧起来一般。"点一支蜡烛照亮你去睡觉……"他开口。

"……举起了斧头砍掉你的头颅。"汤姆·霍斯汀斯接了下半句。他沉吟片刻，说："可你看，如果把那个男人杰克找来，我们就会失去男孩。没了男孩，就没有宝藏。"

两个人来来回回地讨论，掂量交出男孩和找到宝藏的利弊得失。在他们的想象中，宝藏已经变成了一个巨大的装满奇珍异宝的地下洞穴。讨论到一半，阿巴纳泽从柜台底下抽出一瓶黑刺李杜松子酒，慷慨地每人倒了一小杯，说："醒醒脑子。"

丽萨很快就厌烦了他们的讨论。他们说来说去就那么几句车轱辘话来回转，没有任何进展。于是她回到储藏室，却看到阿不站在屋子中央，双眼紧闭，握着拳头，整张脸像牙疼似的皱成一团，憋气憋得脸都发紫了。

"你这是在干什么呢？"她随口问道。

阿不睁开眼睛，放松下来。"我想试试隐身。"

丽萨抽了抽鼻子。"再试一次。"

阿不屏住呼吸，这一次憋得更久。

"停，停。"丽萨冲他说，"你都快炸开了。"

阿不深吸一口气，叹了出来。"这不管用。不如干脆找块石头砸他，趁机跑掉。"这里没有石头，他只好拿起一块彩色玻璃镇纸，掂了掂分量，盘算能不能用它砸晕阿巴纳泽·伯尔格。

"现在外面有两个人了。就算一个人没拦住你，还有另一个呢。他们想让你带路去你拿到胸针的地方，然后把那个坟挖开，拿走宝贝。"丽萨没说那两个人讨论的另外一件事，也没提那张黑边的卡片。她摇了摇头，"你究竟是怎么想的，怎么会做出这种蠢事？你清楚出入坟场的规矩。这纯属自找麻烦。"

阿不觉得自己很没用，蠢透了。"我想给你找块墓碑。"他坦白道，声音很小，"我觉得应该要花挺多钱的，所以把胸针拿到这里来卖，想给你买一块碑。"

丽萨没说话。

"你生气了吗？"

她摇摇头。"五百年来，这还是第一次有人对我好，为我去做一件事。"她说，地精似的脸上露出一丝笑意，"我为什么要生气？"停了会儿，她又说："你想要隐身的时候，是怎么做的？"

"就照潘尼沃斯先生说的。'我是空空的门，我是空空的小巷，我是无。没有眼睛能看到我，一切视线都会从我身上滑开。'可这不管用。"

"那是因为你还活着。"丽萨嗤之以鼻，说，"这种东西是给我们死人用的，我们得想方设法才有可能让活人看见。这一套对你们活人当然不可能有用。"

她抄起胳膊紧紧抱住自己，身体飘来飘去，像是在做什么思想斗争。片刻之后，她说："你是为了我才被困在这里的……过来，不是谁·欧文斯。"

屋子很小，阿不只跨出一步就站在了她面前。丽萨伸出她冰冷的手，按在阿不的额头上，那感觉就像一块打湿的丝绸手帕贴在皮肤上。

"现在，"她说，"也许该轮到我为你做件好事了。"

说完，她自顾自地低声嘟哝起来，阿不听不清她在说什么。接着，她用清晰的口齿大声念了出来：

**化作空洞，化作尘埃，化作梦境，化作风，**
**化作黑夜，化作黑暗，化作心愿，化作念，**
**滑开去，溜开去，无影无踪任来去，**
**在上，在下，在其中，在其间。**

有什么巨大的东西触碰到了阿不，从头到脚，刷过他的身体。他禁不住颤抖起来，发根直立，起了一身鸡皮疙瘩。有什么变化发生了。"你做了什么？"阿不问。

"只是帮你一把。"丽萨说，"我是死了，可别忘了，我死了也还是个女巫。我们是不会忘记的。"

"可是——"

"嘘——他们来了。"

锁孔里传来钥匙转动的声音。"来吧，小家伙，"一个阿不之前没怎么听过的声音说，"我们一定会成为非常好的朋友。"话音刚落，汤姆·霍斯汀斯推开了储藏室的门。下一秒，他就定在了门口，左右张望着，满脸疑惑。他是个大块头，头发红得像狐狸，鼻头红得像酒瓶塞子。"阿巴纳泽？快过来。你不是说他就在这里面？"

"是啊。"伯尔格的声音从他身后传来。

"是吗，可我连他的一根毛都没看到。"

伯尔格的脸从大块头背后冒了出来，他眯起眼睛看了看屋里。"躲起来了。"他说，眼睛正对着阿不站的位置，"躲起来也没用。"他大声说："我看到你了，出来吧！"

两个男人一起走进这狭小的屋子，阿不直挺挺地站在他们两个之间，一动不动，心里默念着潘尼沃斯先生教的东西。不回应，不移动。他任由两人的视线掠过自己，却视而不见。

"你会后悔没在我刚才喊的时候就出来的。"伯尔格一边说，一边回身合上房门。"对，"他对汤姆·霍斯汀斯说，"你就堵在门口，别让他溜出去。"说完，他就在屋子里搜寻起来，觑起眼睛看一看杂物堆背后，笨拙地弯下腰检查书桌底下。然后，他笔直走过阿不身边，拉开柜子门。"看到你了！"他大吼一声，"出来！"

丽萨咯咯地笑出了声。

"什么东西？"汤姆·霍斯汀斯问，原地转了个圈。

"我什么也没听到。"阿巴纳泽·伯尔格说。

丽萨又笑了起来。笑完，她噘起双唇开始吹，一开始是口哨的声音，渐渐变得好像遥远的风声一样。小屋里的电灯闪了闪，发出一阵"滋啦滋啦"的声响，灭了。

"是保险丝。"阿巴纳泽·伯尔格说，"真见鬼，浪费我的时间。"

钥匙插进锁孔，咔嗒一响，小屋里又只剩下了丽萨和阿不。


"他跑了。"阿巴纳泽·伯尔格说。这次隔着门阿不也能听到他说话了。"就那么个屋子，根本没地方可藏。要是还在里面的话，我们肯定能看到。"

"那个男人杰克可不会乐意听到这话。"

"谁说要告诉他了？"

一时无言。

"过来，汤姆·霍斯汀斯，胸针哪儿去了？"

"嗯？那个啊？这里。我收起来了，免得弄丢了。"

"收起来？收到你的口袋里？要我说，那还真是个保管东西的好地方。我看你是想把它拿走吧——把我的胸针变成你的。"

"你的胸针？阿巴纳泽！你的胸针？你是说我们的胸针吧。"

"我们的，说得真好。我可不记得我从那小孩手里弄到这东西的时候你也在。"

"你是想说那个男孩？你都没本事看住了交给男人杰克的那个男孩？要是让他知道，他一直在找的人从你手里跑掉了，你大概也猜得到是什么结果吧？"

"说不定不是那个男孩呢。这世上的男孩多了去了，怎么那么巧就刚好是他找的那一个？这概率得有多低。那小子肯定是趁我转身的工夫从门后面跑掉的，我打赌就是这样。"过了会儿，他换上安抚的语调，提高了嗓门说："别担心男人杰克了，汤姆·霍斯汀斯。我想明白了，肯定不是那个男孩。先前是我老糊涂了。哎呀，这瓶杜松子酒要喝完了——来点上好的苏格兰威士忌怎么样？我后头有一瓶，等一下，马上来。"

储藏室的门开了，阿巴纳泽走进来，手里拿着拐杖，打着手电筒，脸色比之前还要难看。

"要是你还在，"他阴沉沉地低声说，"别想着能跑掉。我已经报警了，就刚才。"他在抽屉里一通乱翻，摸出那瓶还剩一半的威士忌和一个黑色的小瓶子。阿巴纳泽往酒里滴了几滴小瓶子里的东西，然后把小瓶子揣进口袋。"是我的胸针，我一个人的。"他喃喃地念叨着，然后扯起嗓子喊了一声，"这就来了，汤姆！"

他左右扫视了一圈这黑洞洞的屋子，目光掠过阿不，然后捧起威士忌，转身离开储藏室，锁上房门。

"来吧，"阿巴纳泽·伯尔格的声音从门后传来，"把你的杯子拿过来，汤姆。上好的苏格兰威士忌，相当够劲儿。够了就说。"

沉默片刻。"啧，便宜货，你不喝吗？"霍斯汀斯问。

"刚才那个杜松子酒喝得我有点难受。等我胃里缓一缓……"接着，"哎呀，汤姆！你把我的胸针放哪儿了？"

"又是你的胸针了？嚯——你干了什么……你在我酒里加东西了，你这条该死的蛆！"

"加了又怎么样？我一眼就看出你打的什么鬼主意，汤姆·霍斯汀斯。你这个贼。"

跟着是一连串喊叫，好几声稀里哗啦，巨大的碰撞，像是有什么大家具倒了下来……

再后来，一切都安静下来。

丽萨说："快，我们赶紧出去，离开这里。"

"可门锁上了。你有什么办法吗？"

"我？我可不会那种把戏，把你从上锁的房间里弄出去什么的。"

阿不弯下腰，从锁孔往外看。锁孔被堵住了，是钥匙还插在里面。阿不想了想，笑了，笑容像灯光一样点亮了整张脸。他从一堆包装材料里抽出一张皱巴巴的报纸，展开，尽可能抚平，从门下的缝隙里送出去，只在门内留下一个角。

"你在玩什么把戏？"丽萨不耐烦地问。

"我需要铅笔之类的东西，细一点的……有了。"阿不回到书桌边，拿起一支细细的画笔，把没有笔毛的尾端插进锁孔里，轻轻晃动几下，再往里伸进去一点。

钥匙被推了出去，落在报纸上，发出一声轻微的闷响。阿不顺着门缝把报纸抽回来，果然，钥匙就躺在上面。

丽萨高兴得大笑起来。"聪明，小伙子。"她说，"这才叫智慧。"

阿不把钥匙插进锁孔，一转，一推，储藏室的门开了。

外面的地上躺着两个男人。果然有家具倒了。这个古董店里本来就堆满了东西，现在更是一片狼藉，到处都是摔碎的钟表和东倒西歪的椅子。大块头的汤姆·霍斯汀斯就躺在这堆东西中间，压着身材小一些的阿巴纳泽·伯尔格。两个人都一动不动。

"他们死了吗？"阿不问。

"哪有这么走运。"丽萨说。

那枚闪着银质光泽的胸针就躺在他们身边的地板上，猩红与橙色交织的石头嵌在爪托和蛇头中间。蛇头上隐约显露出一种胜利、贪婪而又餍足的表情。

阿不把胸针揣回口袋，那里面还有一块沉甸甸的玻璃镇纸、一支画笔和一小瓶颜料。

"这个也拿上。"丽萨说。

阿不看着那张写着"杰克"的黑边卡片，浑身不舒服。卡片上透出一种似曾相识的气息，某种能勾起他久远记忆的东西，危险的东西。"我不要。"

"你不能把这个留在他们手里。"丽萨说，"他们会用它害你的。"

"我不想要。"阿不说，"这东西不好。烧掉算了。"

"不!"丽萨倒吸了一口冷气，"不可以。绝对不要这么做。"

"那我拿去给塞拉斯吧。"阿不说着，把卡片放进一个信封里，这样可以减少接触，然后把信封塞进老园丁夹克的内袋里，贴着他的心脏。

三百多公里外，男人杰克突然从梦中惊醒。他冲着空气嗅了嗅，走下楼去。

"怎么了?"他的祖母问，手里还在不停搅着炉子上一口大铁锅里的东西，"你这是又感觉到什么了?"

"不清楚。有事情发生了……有趣的事情。"他舔了舔嘴唇，"很好闻。非常美味。"

闪电照亮了铺着鹅卵石的街道。

阿不急急忙忙地冒雨穿过老城，一路往山上赶，要回坟场去。在他被困储藏室的这段时间，天色已经从阴沉的下午走到了日暮，因此，当看到一道熟悉的影子在路灯下飞掠而来时，他一点儿也不意外。阿不迟疑了一下，那黑色天鹅绒般的影子一晃，凝成了人形。

塞拉斯出现在他面前，两手抱臂，不耐烦地大步走上前来。

"怎么？"

"对不起，塞拉斯。"

"我对你很失望，阿不。"塞拉斯摇着头，说，"我从醒来就一直在找你。麻烦的气味围绕着你。你知道的，不可以离开坟场，不该进入活人的世界。"

"我知道。对不起。"雨水落在男孩的脸上，仿佛流下的泪水。

"先带你回安全的地方再说。"塞拉斯俯身抱起男孩，把他裹进斗篷里。下一刻，阿不觉得脚下一空，地面远去了。

"塞拉斯。"他说。

塞拉斯没有回答。

"我有点害怕。"他说，"不过我知道你会来，要是情况真的太糟，你会来救我的。而且丽萨也在，她帮了我很多。"

"丽萨？"塞拉斯的声音很尖锐。

"那个女巫，陶匠之田的。"

"你说她帮了你？"

"是的，她还帮我学会了隐身术。我觉得现在我可以做到了。"

塞拉斯轻哼一声。"到家以后，再把事情原原本本告诉我。"就这样，直到降落在小教堂前，阿不都没再说话。他们走进教堂空荡荡的大厅，外头的雨点更密了，落在地上积起的小水坑里，水花四溅。

阿不抽出装着黑边卡片的信封。"呃，我想应该把这个给你。好吧，其实是丽萨说的。"

塞拉斯看了看信封，打开来，抽出卡片，盯着看了会儿，然后翻过卡片，看到阿巴纳泽·伯尔格作为备忘写下的几行铅笔字，字很小，记录了这张卡片的详细使用方法。

"把所有事情都告诉我。"他说。

阿不把这一整天他还想得起来的事情全都说了出来。听完，塞拉斯缓缓地摇了摇头，陷入了沉思。

"我有麻烦了吗？"阿不问。

"不是谁·欧文斯，"塞拉斯说，"你有大麻烦了。不过，关于你该受到什么样的批评和惩罚，我想还是应该留给你的父母来决定。至于我，先去处理这个。"

黑边卡片消失在黑色斗篷下，紧接着，塞拉斯也消失了。倏忽来去是他这个种族的方式。

阿不拉起夹克罩在头顶上，沿着湿滑的小道爬上山顶，走进弗罗比舍的陵墓。他推开以法莲·帕蒂夫的棺材，往下走，一直下，一直下，下到很深。

他把胸针放回酒杯和刀的旁边。"还给你们。"他说，"擦亮了，更漂亮了。"

**"它定会归来。"**杀戮者用烟雾般盘旋袅绕的声音满意地说，**"它终将归来。"**


这一夜很长。

阿不边走边犯困，还有点战战兢兢。他走过了名字很有趣的自由·拟鲤小姐（"她所得的已远逝，她给予的永相伴。读此铭者，须行善事。"）的小坟墓，越过了教区面包师哈里森·维斯特伍德与两位妻子玛莉恩和琼的长眠之地，朝陶匠之田走去。打孩子是不对的。但这个观念成为共识的时候，欧文斯夫妇已经去世好几百年了。所以，这天夜里，欧文斯先生怀着遗憾，履行了他认为自己应当履行的职责。阿不的屁股从没这么疼过。然而，欧文斯夫人脸上的担忧比任何责打都更让他难受。

他来到隔开陶匠田的铁栅栏边，从栏杆之间钻了出去。

"哈喽？"他大声喊道。没有回答。就连山楂树下也没有额外的影子。"但愿我没给你也惹上什么麻烦。"他说。

什么也没有。

阿不已经把牛仔裤放回了园丁小屋——还是穿自己的灰色裹尸布更舒服。不过，夹克留了下来，他喜欢那些大口袋。

去园丁小屋还牛仔裤时，他顺便取走了挂在墙上的一把小手镰。此刻，他正拿着这把镰刀向陶匠田里的荨麻地发起进攻。镰刀挥舞，草叶纷飞，荨麻被齐刷刷地割下，直到地面上干干净净，只剩下一些扎人的草茎断茬。

阿不从口袋里掏出那块大大的玻璃镇纸、颜料瓶和画笔。镇纸里面是五彩的颜色，十分鲜亮。

他把画笔伸进颜料瓶里蘸了蘸，认认真真地在玻璃镇纸表面写下棕色的字母……

**E.H.**

又在下面写上……

**我们不会忘记**

马上就到睡觉时间了。最近这段时间，太晚上床可不是什么明智的做法。

他把玻璃镇纸放在片刻前还满是荨麻的地面上，摆在他觉

得可能是丽萨的头所在的方向，然后停下来看了一眼自己的作品，便转身穿过栏杆，朝山上走去。这一次，他走得不再那么战战兢兢了。

"不错。"身后的陶匠田里传来一个声音，尖着嗓子说，"相当不错。"

可当他转身去看时，却什么也没看到。

# 5

## 马卡布雷舞

有什么事情要发生了。阿不很肯定。它就在冬天干爽清冽的空气中，在星星上，在风中，在黑暗里。在漫漫长夜和如梭白昼交替的节拍中。

欧文斯家的小坟墓里，欧文斯夫人正在赶他出门。"一边玩儿去，我有事情要忙。"

阿不看着母亲，说："可外面很冷。"

"冬天嘛，"欧文斯夫人说，"冷就对了。噢，"接下来这句话更像是自言自语，"鞋子。瞧这裙子……还得锁个边。还有蜘蛛网，我的天哪，到处都是蜘蛛网。去吧去吧。"这一句又是对阿不说的了："我已经够忙的了，别在这儿碍手碍脚。"

说罢，她便自顾自地哼起歌来。歌词就两句，阿不从没听过。

**富人穷人快快来，**

**一起来跳马卡布雷。**

"什么意思？"阿不刚问出口，就知道问得不是时候，因为欧文斯夫人的脸色一下子就黑得好像雷雨前的乌云一样。阿不赶紧溜出坟墓，生怕慢一步她就会大发雷霆。

坟场很冷，又冷又黑，星星已经出来了。阿不在挂满常春藤的埃及步道上遇到了屠夫妈妈，她正眯缝着眼睛研究那些绿色植物。

"年轻人，你的眼神比我好，"她说，"你能看到花吗？"

"花？冬天开花？"

"别那样看着我，年轻人。"她说，"什么东西都有它开花的时间。打花苞，绽放，凋谢，万事万物都有它自己的时间。"她裹紧斗篷，压紧帽子，嘴里念了起来：

**按时干活儿，按时玩耍，**
**按时跳起马卡布雷。**

"孩子，明白了吗？"

"不明白。"阿不说，"什么是马卡布雷？"

可屠夫妈妈已经钻进常春藤里，走得没影了。

"真奇怪。"阿不大声说。他打算去巴特比家的陵墓里暖和一下，找个玩伴，可这天夜里，巴特比一家上上下下七代人，都没空搭理他。从最老的（卒于1831年）到最小的（卒于1690年），每个人都在忙着大扫除。

福丁布拉斯·巴特比在向阿不道歉——他十岁就夭折了，据他自己说是死于"胃痨"，阿不一直以为福丁布拉斯是被吞进了狮子或熊的胃里，后来才知道那是"肺痨"，一种疾病而已，真是叫人大失所望——"我们不能放下手头的事情去玩，阿不少爷。因为明天晚上很快就要到了。一个人能有几次机会说这话呢？"

"每天晚上吧。"阿不说，"每天都有'明天晚上'啊。"

"这次不一样。"福丁布拉斯说,"就像没有哪个月亮是蓝色的,没有哪个月份每天都是星期日。"

"既不是盖伊·福克斯之夜[1],"阿不说,"也不是万圣节、圣诞节或者新年。"

福丁布拉斯笑了,笑得格外灿烂,长满雀斑的圆脸上满溢着喜悦。

"都不是。比那些还要特别。"

"那它叫什么?"阿不问,"明天会怎么样?"

"会是最好的日子。"福丁布拉斯说。要不是他的祖母路易莎·巴特比(才二十岁,生双胞胎时死于难产)突然冒出来,阿不觉得他肯定愿意再多说一点。可路易莎把他叫了过去,还在他耳边严厉地说了几句什么。

"没什么。"福丁布拉斯对路易莎说。然后他转头回来对阿不说:"抱歉,我得去干活儿了。"他抓起一块抹布,开始擦他那副落满灰尘的棺材。"啦啦啦呼——"他唱了起来,"啦啦啦呼——"每"呼"一次,他都夸张地挥舞着抹布,浑身上下一通乱扭。

"你不唱那首歌吗?"

"什么歌?"

"就是人人都在唱的那首?"

"没时间唱那个,"福丁布拉斯说,"重要的是明天,明天晚上。"

"没时间了。"路易莎说,"专心干你的活儿。"

---

1　英国传统节日,也称"篝火之夜",始于1606年,旨在庆祝"火药阴谋"被挫败。

可转眼，她自己却用甜美清脆的声音唱了起来：

**听见了，留下了，**
**人人来跳马卡布雷。**

阿不往山下日益破败的小教堂走去。他轻巧地穿过石头缝，走进地窖，坐下等塞拉斯回来。阿不觉得有点冷，但寒冷对他来说没什么大不了的。因为他在坟场的怀抱中，亡者不介意寒冷。

他的监护人在凌晨时分回到了坟场，还拎着一个大大的塑料袋。

"这是什么？"

"衣服，给你的。试一下。"塞拉斯拿出一件灰色毛衣，和阿不的裹尸布一个颜色，然后是一条牛仔裤、内衣，还有鞋子——一双浅绿色的运动鞋。

"这些是干什么的？"

"你是想说，除了穿以外？唔，首先，我觉得你已经长大了。你现在……十岁？穿点活人穿的普通衣服不失为明智之举。你总有一天要穿它们，既然如此，为什么不从现在就开始培养习惯呢？而且，它们也可以是伪装。"

"什么是伪装？"

"当一个东西看起来足够像另一个东西时，别人就不会知道他们看到的究竟是什么。"

"哦，大概明白了。"阿不换上衣服，却被鞋带难住了，塞拉斯只得手把手地教他怎么系。对阿不来说，这实在太复杂了，他系了拆，拆了系，反复尝试了好几次，才终于让塞拉斯满意。这时，阿不才壮起胆子，提出他的问题。

"塞拉斯，什么是马卡布雷？"

塞拉斯双眉一挑，歪了歪头。"你从哪儿听来的？"

"坟场里人人都在说。我猜是明天晚上的什么事情。什么是马卡布雷？"

"一种舞蹈。"塞拉斯说。

"人人都跳马卡布雷。"阿不边回忆边说，"你跳过吗？是什么样的舞？"

塞拉斯用黑色深潭般的双眼看着他，说："我不知道。阿不，我之所以知道很多事情，是因为我每晚都在这世间行走，已经很长时间了。可我不知道马卡布雷是什么样的舞蹈。想跳这种舞，你要么是活人，要么是死人——而我都不是。"

阿不打了个寒战。他想上前抱一抱塞拉斯，跟他说，自己永远不会抛下他。但这样的举动是不可想象的。他不能拥抱塞拉斯，就像不可能抱住月光一样。当然，这并不是说他的监护人没有实体，而是因为这样就是不对的。这世上有一种人是你可以拥抱的，还有一种，就是塞拉斯。

塞拉斯若有所思地打量着阿不，看着这个换上新衣的男孩。"你可以跳。"他说，"你现在这个样子，看起来好像从小就生活在坟场外面。"

阿不骄傲地笑了。可很快，笑容就僵住了。他严肃地说："可是塞拉斯，你会一直在这里的，对吧？我要是不愿意的话，也可以永远都不离开，是吗？"

"万事万物都有它的时间。"塞拉斯说。这一晚，他没有再多说什么。

第二天，阿不很早就醒了，太阳还高挂在半空，好像灰蒙蒙冬日天空中的一枚银币。这种季节，实在是太容易把白天给睡过去了，要是真的成日不见太阳，他的整个冬天就会变成一个漫长的夜晚。所以，每天晚上睡觉前他都告诫自己，一定要在白天醒来，走出欧文斯家舒适的坟墓。

空气里飘散着一种陌生的味道，是鲜明的花香。阿不循着香气爬上山坡，来到埃及步道。在这里，常春藤密密地垂下来，纠缠出一团团深深浅浅的绿，遮住了仿埃及风的墙壁、塑像和上面的圣书字。

这儿香味最浓，绿叶间点缀着成团的白色，乍一看，阿不还以为是下了雪。他凑近一团白色仔细观察，原来是许多小小的五瓣花簇拥在一起。他刚探过头去想嗅一嗅花香，就听到有脚步声沿着小路朝这边走来。

阿不躲进常春藤里，隐了身往外看。三个男人和一个女人出现在小道上，都是活人。他们很快便拐上了埃及步道。女人的脖子上挂着一条华丽的链子。

"是这个吗？"她问。

"是的，卡拉韦夫人。"一个胖乎乎的男人回答。他一头白发，走得气喘吁吁，和另外两个男人一样，手里也拎着一个空的大柳条篮子。

女人看起来一头雾水，完全摸不着头脑。"好吧，你说是就是。"她说，"但我恐怕还是不太明白。"她抬头看看花："我现在该做什么？"

个子最小的男人从他手上的柳条篮子里拿出一把发黑的银剪刀。"剪刀，市长女士。"

女人从他手中接过剪刀，开始逐一剪下花簇，递给三个男人，装进篮子里。

"这真是……"没过一会儿，卡拉韦夫人——也就是市长女士说，"太傻了。"

"这是传统。"胖男人说。

"荒谬至极。"卡拉韦夫人念叨着，手上的动作却没停，把花一朵朵剪下来，放进篮子里。第一个篮子装满后，她问："还不够吗？"

"得把四个篮子都装满。"个头小一些的男人说，"回头分给老城里的每一个人。"

"这是什么传统啊？"卡拉韦夫人说，"我问过前任市长先生，他说他从没听过这事儿。"

又过了会儿，她说："你们有没有觉得有人在看我们？"

"什么？"说话的是第三个男人，之前一直没开口。他蓄着络腮胡，戴一顶无檐帽，手里拎着两个柳条篮子。"你是说有鬼吗？我不相信鬼怪这类东西。"

"不是鬼。"卡拉韦夫人说，"就是感觉好像有人在看。"

阿不强忍住再往常春藤深处缩一缩的冲动。

"前任市长先生不知道这个传统，倒也不奇怪，"胖男人说，他的篮子快装满了，"上一次冬寒花开还是八十年前的事了。"

络腮胡子无檐帽男人——就是不信鬼的那个——紧张地环顾着四周。

"老城里每个人都会拿到一朵花。"小个子男人说，"男人，女人，小孩。"他停顿了片刻，像是在努力回想很久以前学过的东西，然后才慢慢地说："走的留的不相随，人人都跳马卡布雷。"

卡拉韦夫人嗤之以鼻："无稽之谈。"说着，继续剪起花来。

这天下午天黑得很早，四点半刚过就像是入了夜一样。阿不在坟场的小道上乱逛，想找人说说话，可一个人也没见到。他下山到陶匠之田里，想看看丽萨·汉普斯托克在不在，同样一无所获。回到欧文斯家的坟墓，却发现家旦也是空荡荡的——父亲不在，母亲欧文斯夫人也不见踪影。

他心慌起来，虽然只是一点点。十年来头一回，在这个他一直当成是家的地方，阿不有了被抛弃的感觉。他跑下山，到老教堂等塞拉斯。

塞拉斯没有来。

"也许是跟他错过了。"阿不心想，可他自己都不信。他爬上山顶最高处，放眼望去。星星高悬在寒冷的夜空中，小城里成片的灯火在脚下蔓延开去，路灯、车头灯，还有那些移动的东西。他慢腾腾地朝山下走去，一直走到坟场大门口才停下脚步。

他听到了音乐声。

阿不听过各种各样的音乐：冰激凌车甜美的召唤，工人们收音机里放出的歌，克拉雷迪·詹克用他那把满是灰尘的小提琴拉出的过时曲调……可他从没听过像这样的：一连串涌动的低音，像是一段音乐刚刚开启，也许是前奏，或者序曲之类的。

他穿过紧锁的大门，走下山坡，来到老城里。

他路过站在街角的市长女士，看到她伸手将一朵小白花别在一个过路商人的衣领上。

"我不做个人募捐，"那人说，"这种事我都交给办公室处理。"

"不是募捐。"卡拉韦夫人说，"这是本地的一项传统。"

"啊。"商人说着挺起胸膛，仿佛要向全世界展示这朵小白花，然后骄傲地走开了。

下一个经过的，是一位推着婴儿车的年轻女士。

"这是在干吗？"看到市长走上前来，她怀疑地问。

"一朵给你，一朵给这小家伙。"市长女士说。

她把一朵花别在年轻女士的冬装外套上，另一朵用胶带粘在婴儿的衣服上。

"可这是要干什么呢？"年轻女士问。

"老城的做法，"市长女士含糊其词，"某种传统风俗。"

阿不继续走。到处都是戴着白花的人。他在另外几个街口看到了那三个和市长女士一起上山的男人，每人都拎着一个篮子，不停地分送白花。并不是每个人都会接，但大多数没有拒绝。

音乐还在继续，不知从什么地方传来，若隐若现，庄重而又新奇。阿不竖起耳朵，头转向一边，想要判断声音的来处，没能成功。它飘荡在四面八方的空气中。在旗帜和篷布的扑簌飞扬中，在远处隆隆的车来车往中，在高跟鞋敲打干燥石板地面的脚步声中……

有点古怪。阿不看着大街上晚归的行人，心想。他们似乎都在踩着音乐的节奏走路。

络腮胡子无檐帽男人的花已经快发完了。阿不走上前去。

"打扰一下。"阿不说。

男人一惊："我没看到你。"话里带着几分责备。

"抱歉。"阿不说，"我能要一朵花吗？"

无檐帽男人狐疑地看着阿不："你住在这附近？"

"哦，是的。"阿不说。

男人拿起一朵白花递给他。阿不刚接过来，就禁不住"嗷"地轻呼了一声，他的大拇指被扎破了。

"小心别针。"男人说，"这个是别在衣服上的。"

一滴殷红的血珠从手指上冒了出来。阿不吮掉血迹，男人帮他把花别在了毛衣上。"我好像没在这附近见过你。"他对阿不说。

"我就住在这里。对了，"阿不说，"这些花是干什么用的？"

"这是老城的传统。"男人说，"那个时候，旁边的城市都还没建起来呢。每当山上坟场里的冬寒花开放时，就要把它们剪下来，分给所有人，无论男人还是女人，老人还是小孩，富人还是穷人。"

音乐声更响了。阿不疑心是因为戴上了这朵花，自己听得更清楚了。现在，他能分辨出拍子了，就像是远处敲响的鼓点，配着苏格兰风笛般悠扬却飘忽的旋律，让他忍不住想踮起脚尖，跟着节奏往前走。

阿不从来没有像个观光客一样在城里闲逛过。他忘掉了不能离开坟场的禁令，忘掉了这一夜坟场里所有亡灵都不见踪影的古怪情形。现在，他满心满眼里都只有老城。他一路小跑，一直跑到老市政厅前面的市民花园里。这里已经成了博物馆和旅游信息中心，新的市政厅搬到了城市另一头中心区的办公大楼里，更气派，却也更无趣。

花园里已经有很多人在闲逛。眼下正值隆冬，到处都光秃秃的，除了一大片草地，就只有零星点缀的几段台阶、一丛灌木和一尊塑像。

阿不循着音乐，走了进去。陆续有人来到花园广场上，三三两两的，有的携家带口，有的独自前来。阿不从来没有一下子见到过这么多活人。起码有好几百人，每一个都和他一样在呼吸，每一个都佩戴着白花。

这就是活人的生活吗？阿不心想。可他知道，并不是这样——无论眼前的情形究竟是怎么回事，它都是特别的。

先前那个推婴儿车的年轻女士就站在他旁边，抱着孩子，脑袋随着音乐左摇右晃。

"这个音乐会放多久？"他问年轻女士。可她没有回答，只是兀自微笑着，摇头晃脑。阿不觉得她的笑容也不太寻常，还以为她没有听到自己的话。也许是阿不无意间隐身了，也许只是这位女士没有留意他。可就在这时，她说话了："哎呀，像圣诞节一样。"她说话的样子仿佛沉浸在梦中，像是灵魂出窍，站在一旁注视着自己。还是用着这样神游天外的声音，她说："叫我想起了我奶奶的姐姐，克拉拉姨婆。那个圣诞节前夜，我们去她家，那时奶奶刚过世，克拉拉姨婆弹了她的老钢琴，唱了几句，我们吃了巧克力和坚果，我不记得她唱了什么。可这个音乐，就像那些歌同时都唱了起来。"

孩子的脑袋靠在她肩膀上，像是睡着了。可就连这个小婴儿，也在随着音乐轻轻晃动他的小手。

音乐突然停了，广场上一片寂静，压抑的寂静，就像雪花悄悄落下般的静。一切声音都被黑夜吞没。广场上站满了人，却没有人跺脚，没有人走动，几乎连呼吸都没有了。

钟声敲响，近在咫尺却无迹可寻——那是午夜的钟声，他们来了。

他们从山上下来了，列队缓缓而下，脚步庄严，步调一致，五个一排，填满了整条路。阿不认识他们，或者说，大部分都认识。他在第一排看到了屠夫妈妈、约西亚·沃辛顿和特里福西斯医生，还有那个在十字军东征中负伤，回家后死去的老伯爵。他们全都一脸严肃，郑重其事。

广场上，有人倒吸了一口凉气。不知是谁哭了起来，喊道："主啊，发发慈悲吧，这是来审判我们的，这是审判啊！"大多数人只是注视着，并不觉得惊讶，仿佛在看一幕梦中的场景。

亡者队伍不断前进，一排又一排，来到了花园广场上。

约西亚·沃辛顿登上台阶，走到市长女士卡拉韦夫人面前。他伸出一只胳膊，开口道："尊贵的女士，我谨在此邀请您：和我一起跳马卡布雷。"声音大得广场上所有人都能听到。

卡拉韦夫人有些犹豫。她抬头看了一眼身边的男人，征询意见。男人穿着睡裤睡袍，脚上踩着一双拖鞋，睡袍的翻领上也别着一朵白花。他笑着对卡拉韦夫人点了点头。"当然。"卡拉韦先生说。

卡拉韦夫人伸出手。就在她与约西亚·沃辛顿手指相触的那一刻，音乐再次响起。如果说，阿不之前听到的都是序曲的话，现在就不同了。这是所有人都在期待的音乐，是勾动他们双脚与十指舞动的旋律。

生者与亡者牵起彼此的手，跳起舞来。阿不看到屠夫妈妈在和戴无檐帽的男人跳，那个过路的商人在和路易莎·巴特比跳。欧文斯夫人对阿不笑了笑，拉起了老报贩子的手。欧文斯先生牵起一个小女孩的手，不带一丝屈尊俯就的意味，小女孩牵住他的样子，就像这一生都在等待着能和他跳上这么一曲。阿不的手也被另一只手握住，打断了他的东张西望。舞蹈开始。

丽萨·汉普斯托克对他咧嘴一笑，"真好。"他们踏着舞步，一起跳了起来。丽萨跟着舞蹈的曲调开始唱歌：

**迈一步，转个圈，向前走，停下来，**
**我们来跳马卡布雷。**

这音乐让阿不的脑袋和胸膛里都充盈着强烈的喜悦。他的双脚踩着舞步移动，像是早就知道该怎么跳。

和丽萨·汉普斯托克跳到一曲终了，阿不发现自己被移交到了福丁布拉斯·巴特比手中。于是，他又和福丁布拉斯跳，穿过一排排跳舞的人群。每当他们需要通过，人群便自然开合。

阿不看到阿巴纳泽·伯尔格正在和他从前的老师伯罗斯小姐跳舞。他看到活人与亡者携手共舞，看到一对一的双人舞变成了一列列长队，人们踩着整齐的舞步，踏步，踢腿（啦啦啦呼！啦啦啦呼！），跳起了千年前的队列舞。

他也在队列中，身边是丽萨·汉普斯托克。阿不说："音乐是从哪儿来的？"

丽萨耸了耸肩。

"谁安排的这一切？"

"一直都有。"丽萨告诉他，"活人可能不记得，但我们一直都……"她突然停下，难掩激动："看！"

阿不从来没见过真的马，只在图画书里看到过，可眼前这匹白马随着"嘚嘚"声踏着街面走来，和他想象过的所有马都不一样，完全不一样。它更高大，长长的马脸十分严肃。马背没有配鞍，上面坐着一个穿灰色长裙的女人。长裙垂坠，在十二月的月光下闪烁着微光，宛如坠着晨露的蛛网。

马儿走上广场，停下脚步。穿灰裙的女人轻巧地从马背上滑下来，落地站定，面对着所有人，活人和死人。

她行了个屈膝礼。

所有人同时动起来，或是鞠躬，或是回屈膝礼。舞蹈重新开始。

**骑青马的女士裙摆飞，**
**带领我们来跳马卡布雷。**

丽萨·汉普斯托克唱道。可不停旋转的舞步转眼便将她从阿不身边卷走了。人们随着音乐踩脚、迈步、旋转、踢腿，那位女士也和他们一起迈步、旋转、踢腿，兴致勃勃。就连大白马也跟着音乐摇头晃脑，来回踱步。

舞蹈加快了节奏，人们跟着提速。阿不跳得上气不接下气，却丝毫没想过这场舞究竟会不会结束——马卡布雷，生者与亡者之舞，与死亡共舞。阿不在笑，每个人都在笑。

他在市民花园间穿梭，旋转、顿脚，不时看到那位穿灰色长裙的女士。

每一个人，阿不心想，每一个人都在跳舞！可念头刚起，他就发现自己错了。就在此刻，老市政厅旁的阴影里站着一个一身黑衣的男人。他没有跳舞，只是看着他们。

阿不说不准自己在塞拉斯脸上看到的究竟是渴望、哀伤，还是别的什么，总之，他的监护人神色晦暗，叫人看不透。

"塞拉斯！"阿不扬声招呼，想叫他的监护人也加入进来，一起跳舞，享受此刻的欢愉。可听到自己的名字，塞拉斯却退后一步，隐入黑暗之中，不见了。

"最后一曲！"有人大喊。音乐骤然一转，变得庄严舒缓，是终章的曲调。

所有人都找到了舞伴，生者与亡者牵手，一一结对。阿不伸出手，发现与自己牵手的竟是那位穿蛛网长裙的女士。他抬眼便望进了那双灰色的眸子里。

她在对着他微笑。

"你好啊，阿不。"她说。

"您好。"阿不一边与她共舞，一边说，"我还不知道您的名字呢。"

"名字并不重要。"

"我喜欢您的马。它真大啊！我都不知道马可以这么大。"

"它很温柔，宽阔的马背能够背起你们之中最健硕的人，也很强壮，足以承载你们之中最瘦小的人。"

"我能骑一骑它吗？"阿不问。

"到时候。"她告诉阿不，蛛网长裙熠熠生辉，"等到时候，人人都可以。"

"保证？"

"我保证。"

随着话音落下，舞蹈结束了。阿不向他的舞伴鞠躬致意，这一刻——直到这一刻——他才感觉筋疲力尽，仿佛已经不停地跳了好几个小时，浑身上下每一块肌肉都在发出抗议，疼痛不已。他累得上气不接下气。

不知从哪里传来了整点报时的钟声，阿不跟着数。十二下。他想知道，这场舞会是跳了十二个小时？二十四个小时？还是时间根本就不曾流逝？

他直起身子，环顾四周。亡者都不见了，骑马的女士也消失了。广场上只剩下活人在渐渐散去，各自回家——梦游一般，僵硬地离开市民广场，仿佛从沉酣中惊起的人，虽然在走动，却还没有真正醒来。

广场上落了一地的小白花，就像刚刚举办过一场盛大的婚礼一样。


第二天下午，阿不在欧文斯夫妇的墓中醒来，感觉自己知道了一个天大的秘密，做了一件天大的事情，急于跟人说一说。

等到欧文斯夫人也起来后，阿不说："昨天晚上真是太棒了！"

欧文斯夫人说："哦，是吗？"

"我们跳舞了。"阿不说，"所有人，在下面的老城里。"

"真的吗？"欧文斯夫人轻哼一声，说，"跳舞啊？你知道你是不可以下山到城里去的。"

阿不非常清楚，当母亲处于这种情绪时，最好不要跟她多说什么。他溜出坟墓，天色渐渐暗下来。

他漫步上山，来到黑色方尖碑旁，那是约西亚·沃辛顿的墓碑，周围有一个天然的圆形露天剧场，放眼望出去，可以看到老城区和围绕它铺开的城市灯火。

约西亚·沃辛顿站在他身旁。

阿不说："您开的舞，和市长一起。您和她跳的第一支舞。"

约西亚·沃辛顿看着他，什么也没说。

"就是的。"阿不说。

"死人不跟活人来往，孩子。"约西亚·沃辛顿说，"我们不再属于他们的世界，他们也不是我们中的一员。如果说我们真的和他们一起开了舞会，跳了马卡布雷，死亡之舞，那我们也绝不会说，更不会和活人谈论这样的事情。"

"可我是你们中的一员啊。"

"还不是，孩子。在有生之年，你还不是。"

阿不这才反应过来，为什么跳舞时他会被归在活人一边，而不是和大家一起从山上走下去，嘴上却只说了一句："我好像……明白了。"

他一路小跑下山，十岁的孩子，跑得那么急，差点被迪格比·普尔（1785—1860，"我今如是，汝将如是"）绊倒，好不容易才稳住身子。他要去老教堂，生怕错过塞拉斯，生怕赶到时他的监护人已经走了。

阿不在长椅上坐下。

虽然他什么也没听到，身边却有了动静。他的监护人说："晚上好，阿不。"

"昨晚你就在那里。"阿不说，"别说你不在或者别的什么，我知道你在。"

"是的，我在。"塞拉斯说。

"我跟她跳舞了，那位骑白马的女士。"

"是吗？"

"你看见了！你一直在看着我们！活人和死人跳舞。为什么大家都不说这件事？"

"因为有些事情是秘密。因为有些事情是不能谈论的。因为，有些事情，他们不记得了。"

"可你现在就在和我说这件事，我们就在说马卡布雷舞会啊。"

"我没跳。"塞拉斯说。

"可你看到了。"

"我不知道我看到了什么。"

"我和那位女士跳舞了，塞拉斯！"阿不提高了声音。他的监护人看上去好像心都要碎了。阿不忽然有些害怕，就像一个孩子惊醒了沉睡的黑豹。

塞拉斯只说了一句："这次谈话到此为止。"

阿不还想再说点什么——他有一百句话想说，尽管依照眼下这情形，再说下去并不明智。就在这时，有什么东西分散了他的注意力。一阵簌簌的轻响，轻柔的，凉凉的，拂过他的脸颊，好像羽毛一样。

什么舞会，什么舞蹈，一下子被忘得干干净净。恐惧也消失了，取而代之的是快乐和惊奇。

从出生到现在，这是阿不第三次见到它们。

"看啊，塞拉斯，下雪了！"他的胸膛和脑海被喜悦填满，再容不下一丝别的东西，"是真的雪！"

# 插　曲

# 杰克大会

　　酒店大堂的小告示牌上说，华盛顿厅当晚有私人活动，但没说是什么样的私人活动。事实上，就算你在这一晚看到了华盛顿厅的情形，也不会知道里面究竟在做什么。不过，只要扫一眼，你倒是能发现，厅里没有女人。全部都是男人。他们围坐在几张圆桌边，正在吃甜点。

　　厅里大概有百来号人，全都穿着肃穆的黑色西装。不过，除了这身西装，再没有共同之处。他们中有白发的、黑发的、金发的、红发的，还有干脆没头发的。长相和神情也各不相同，友善的和不善的，热心的和阴沉的，开朗的和沉默的，粗鲁的和细致的。大多数是白人，也有黑色皮肤和黄色皮肤的。有欧洲人、非洲人、印度人、中国人、南美人、菲律宾人和美国人。彼此交谈或是和侍者说话时，他们都说英文，只是口音和人一样五花八门。他们来自世界各地。

　　这些穿黑西装的男人围坐在各自的圆桌旁，台上还有一个人正在发言。他身穿晨礼服，也是他们中的一员，身材魁梧，喜气洋洋，一副刚参加完婚礼赶过来的模样。他在总结"已经达成的慈善义举"：带贫困地区的孩子到异国他乡度假；买了一辆大巴供有需求的人旅行使用。

　　男人杰克坐在第一排正中间的桌子旁，身边是一个衣冠楚

楚的银发男人。他们在等侍者上咖啡。

"时间如流水啊。"银发男人说，"我们都不年轻了。"

男人杰克说："我一直在想，四年前旧金山的那件事——"

"不太走运，不过这就像春天开的花儿一样，嗒啦，跟你的任务毫无关系。你失败了，杰克。你应该把他们都关照好，包括那个婴儿。尤其是那个婴儿。功败垂成，那也是败啊。"

一个穿白色制服的服务生来到这一桌，挨个儿为客人斟上咖啡：一个蓄黑色铅笔胡子的小个子男人，一个漂亮得完全可以当电影明星或模特的高个子金发男人，一个像愤怒的公牛一样瞪着全世界的大脑袋黑人。人人都假装认真听台上的讲话，不去在意杰克这边的交谈，甚至时不时鼓几下掌。银发男人往咖啡里加了好几勺糖，动作轻快地搅动着。

"十年了。"他说，"时间不等人。那个婴儿很快就要长大了。到那时又该怎么办呢？"

"我还有时间，丹迪先生。"男人杰克刚开口，银发男人就伸出一根粗壮的粉色手指对他点了点，打断了他。

"你有过时间。可是现在，你只有最后期限。到了如今这个地步，你得机灵点了。我们不会容忍你继续懈怠下去，再也不会。我们已经等烦了，每一个杰克。"

男人杰克敷衍地点了点头。"我有线索了。"他说。

银发男人端起他的黑咖啡喝了一大口。"真的？"

"真的。但我还是要说，我认为这件事和我们在旧金山遇到的麻烦有关系。"

"你和部长说过了吗？"丹迪先生示意了一下台上那个人。台上正在高谈阔论他们去年慷慨解囊购买的医疗设备。"不是一台，不是两台，而是三台透析机器。"全场报以礼貌的掌声，对这份慷慨表示称赞。

男人杰克点了点头："我提起过。"

"结果呢？"

"他不感兴趣。他只关心结果。他要我善始善终，自己收拾干净。"

"我们都是这个态度，我的朋友。"银发男人说，"那个男孩还活着。时间对我们不利。"

桌上的其他人虽然还是装作没在听的样子，却都嘟囔着点起头来，表达他们的赞同。

"就像我说的，"丹迪先生不动声色地说，"时间如流水。"

# 6

## 不是谁·欧文斯的校园生活

坟场下雨了，整个世界都变得模糊起来。阿不坐在埃及步道尽头的拱门下看书，拱门一侧是步道和西北角的荒地，另一侧是坟场的其他区域。这里不会有任何人来打扰，无论活人还是死人。

"混蛋！"下面的小路上传来一声大叫，"你这个可恶的大混蛋！等我抓到你——等我找到你，我就——我就让你后悔生下来！"

阿不叹了口气，放下书，探出半个身子往外看，一直探到能看见萨克雷·波林格（1720—1734，"他们的儿子"）踩着重重的步子，沿着湿滑的小路爬上来。萨克雷十四岁就死了，年纪不大，个头却不小。那时他刚开始跟着一位刷房子的油漆匠当学徒，老油漆匠给了他八个铜币，让他去买半加仑用来"刷理发店灯箱的红白条纹油漆"，买不到就不许回来。在一月份那个泥泞的早晨，萨克雷花了五个小时跑遍整个镇子，每到一家铺子都被嘲笑一番，然后被打发去找下一家。当他终于发现自己被戏弄时，气得中了风，不到一个星期就丢了性命。他的眼里到死都还燃着对其他学徒和老油漆匠霍罗宾先生的怒火。老油漆匠想不通，事情怎么就闹到了这个地步，要知道，他自己当年也是这么从学徒过来的，吃过的苦头比这多多了。

总之，萨克雷·波林格就这么活活气死了，死时手里紧紧攥着他的《鲁滨孙漂流记》。这本书和一枚剪过边的六便士银币[1]，再加上他生前穿过的衣服，就是他的全部家当。按照他母亲的要求，这本书跟着他一起下了葬。死亡并没有缓和萨克雷·波林格的脾气，这会儿他就在大吼："我知道你在这里！出来！出来受罚，你这个小偷！"

阿不合上书："我不是小偷，萨克雷，只是借来看看。我保证，看完就还给你。"

萨克雷抬起头，这才看到阿不缩在冥王奥西里斯的雕像后面。"我跟你说过了，不行！"

阿不叹了口气："可这里的书太少了。再说也没剩几页了。我已经看到他发现脚印了，不是他自己的，也就是说，岛上还有其他人。"

"那是我的书。"萨克雷·波林格固执地说，"还给我。"

阿不本想再争辩几句，哪怕只是争取一下，但是看到萨克雷脸上受伤的表情，又把话给吞了回去。他爬下拱门，到最后半米高时一跃而下，把书递了过去。"给你。"萨克雷瞪着阿不，一把夺了过去。

"我可以读给你听。"阿不提议。

"你可以滚去把你的猪脑袋炸一炸。"萨克雷说着就冲阿不的耳朵挥出一拳。耳朵一阵刺痛。不过看萨克雷的表情，他的手多半也很疼，不比阿不好受。

---

1　18世纪前西方铸币技术粗糙，硬币又多以贵金属制成。"剪边偷银"现象盛行，导致真币减值，假币泛滥，直到1696年牛顿接管英国皇家铸币局，在硬币外圈加铸边齿后，这一现象才得以遏制。

大个子男孩踏着重重的步子转过身，沿着小路走掉了。阿不眼看着他离开，耳朵生疼，眼睛也跟着刺痛起来。过了会儿，他走进雨里，沿着爬满常春藤的小路往回走，中间还滑了一跤，蹭破了膝盖，牛仔裤也破了。

墙边有一小片柳树林，阿不差一点撞到了尤菲米娅·霍斯福尔小姐和汤姆·桑兹，他俩这样约会散步已经很多年了。汤姆生活在英法百年战争期间，入土太久，连墓碑都已经风化成一块光秃秃的石头。而尤菲米娅小姐（1861—1883，"她已安睡，与天使同眠"）死于维多利亚时代，那时坟场已经扩建，有了名气，在前后五十年间都是一处经营妥善的公共设施。她的墓在杨柳步道上，黑色的门，一人独享一整座坟墓。不过，年代的差距似乎并没有对他俩造成困扰。

"慢一点，小阿不。"汤姆说，"你会伤着自己的。"

"已经伤着了。"尤菲米娅小姐说，"哦，阿不，亲爱的，我看你母亲一定要唠叨你了。这种紧身马裤补起来可不容易。"

"呃，对不起。"阿不说。

"对了，你的监护人在寻你。"汤姆补充道。

阿不看了看灰蒙蒙的天空："可现在还是白天啊。"

"他起得合时。"汤姆说。阿不知道，意思就是他起得早。"他让我们告诉你，他在寻你。如果我们见到你的话。"

阿不点点头。

"利特尔琼斯家背后那片灌木丛里的榛子熟了。"汤姆笑了笑，又补上一句，像是为了缓和气氛。

"谢谢你们。"阿不说完，急忙冲进雨里，沿着弯曲的小路跑下山坡，一口气跑到了老教堂。

教堂的门开着，塞拉斯在里面，站在暗影中——他既不喜欢雨，也不喜欢日暮的余晖。

"听说你在找我。"阿不说。

"是的。"塞拉斯停顿了一下，"看起来你把裤子弄破了。"

"我跑来着。"阿不说，"呃，还跟萨克雷·波林格稍微打了一架。我想看《鲁滨孙漂流记》，那是一本书，讲一个男人在船上——船就是一种可以开到海上去的东西，海就是水，非常非常多的水——后来船在一个岛上失事了——岛就是那种在海上的地方，你可以站在上面，而且——"

塞拉斯打断他，说："十一年了，阿不，你和我们在一起已经十一年了。"

"是吧。"阿不说，"你这么说的话，肯定就是了。"

塞拉斯低头看着自己为之背负责任的这个孩子：瘦瘦的，随着年龄的增长，原本鼠灰色的头发也变深了。

老教堂里暗影重重。

"我想，"塞拉斯说，"是时候跟你说说你的身世了。"

阿不深深地吸了一口气，"不用非得现在就说。你要是不想说的话，也可以不说。"他想尽可能说得轻巧些，心却在胸膛里怦怦直跳。

沉默。只有滴答的雨声和排水管里哗哗的流水声。沉默不断蔓延，长到阿不觉得自己就要忍不住打破它了。

塞拉斯说："你知道，你是不一样的。你还活着。我们接纳你——他们接纳你进入坟场，而我答应做你的监护人。"

阿不没有说话。

塞拉斯用他丝绒般的嗓音继续往下说："你有你的亲生父母，还有一个姐姐，但他们都被杀害了。我相信你本来也是难逃一死的，能活下来纯属意外，也多亏有欧文斯夫妇插手。"

"还有你。"阿不说。这些年来，他已经听很多人说起过那一夜的事，有的人甚至都不在现场。那是坟场历史上非凡的一夜。

塞拉斯说："我相信，那个杀害你全家的凶手还在外面找你，仍然想杀死你。"

阿不耸了耸肩："那又怎样？不过是死而已。我是说，我最好的朋友都是死人啊。"

"是的。"塞拉斯迟疑了一下，"他们是死了，所以和这个世界已经没什么关系了。可你不同，阿不。你还活着，这就意味着，拥有无限的可能性。你可以做任何事情，创造一切，拥有一切梦想。如果你想改变世界，世界就会因你而改变。这就是可能性。一旦你死了，这一切就都结束了。你做完了能做的一切，梦完了所有的梦想，写完了名字的最后一笔。你或许会葬在这里，或许还能行走，但那样的可能性已经终结。"

阿不思考着这些话。听上去都是真的，尽管他也想到了反例——比如他现在的父母，他们就收养了他。但他知道，死人和活人是不同的，哪怕他在感情上更亲近死人。

"那你呢？"他问塞拉斯。

"我什么？"

"唔，你不是活人，可你能到处走，能出去办事。"

"我吗，"塞拉斯说，"我就是我，仅此而已。就像你说的，我不是活人。可我如果到了最后那一天，就真的没有了，烟消云散。我们这种人就是这样，要么存在，要么不存在。你明白我的意思吗？"

"不太明白。"

塞拉斯轻叹一声。雨已经停了，阴云密布的天空中透出朦胧的暮色，示意黄昏的到来。"阿不，保护你的安全是很重要的事，其中的缘由很复杂。"

"那个杀了我全家的人，想杀我的那个，你确定他还在外面？"这事儿阿不已经琢磨了一段时间，他清楚自己想要什么。

"是的，他还在外面。"

"那么，"阿不觉得很难启齿，"我想去上学。"

塞拉斯一向镇定自若。就算世界在他眼前毁灭，他也不会动一根眉毛。可现在，他却张口结舌，紧紧皱起眉头，只说出一句："什么？"

"我在坟场学到了很多东西。"阿不说，"我会隐身，会闹鬼，知道怎么打开食尸鬼之门，还认识星座。可外面还有一个世界，那里有大海，有岛屿，有失事的轮船和猪。我是说，那里有很多我不知道的东西。这里的老师教会我很多，可如果说早晚有一天我必须到外面生活，那么，我还有很多东西需要学。"

塞拉斯不为所动。"不可能。在这里我们可以护你周全，要是出去了怎么办？外头什么事情都可能发生。"

"是的。"阿不赞同，"那就是你刚才说的可能性。"他沉默了会儿，然后说："有人杀死了我的母亲、父亲和姐姐。"

"是的，的确如此。"

"一个人？"

"一个人。"

"那也就是说，"阿不说，"你提错问题了。"

塞拉斯挑起一边眉毛："怎么说？"

"如果我到了外面那个世界，问题就不是'谁能保护我不受他的伤害'。"

"不是吗？"

"不是。问题应该是，'谁能保护他不受我的伤害'。"

小树枝刮过高处的窗户，像是要敲开它钻进来。塞拉斯伸出一根手指，用刀尖一般锋利的指甲掸了掸衣袖上并不存在的灰尘，说："我们先给你找所学校。"


没人注意到这个男孩，一开始没有。甚至没有人意识到自己没注意到他。他坐在教室后排，除非被点名，否则从不主动回答问题，就算回答也十分简短，干巴巴的，让人转头就忘。无论在其他人的脑海里还是记忆里，他都是隐形的。

"你说他家里，是不是信了什么教？"教师办公室里，科比先生正在批改作业，随口问了起来。

"谁家？"麦金农夫人问。

"八年级 B 班的欧文斯。"科比先生说。

"那个满脸粉刺的高个儿小子？"

"应该不是。他个头算中等。"

麦金农夫人耸了耸肩："他怎么了？"

"什么都是手写。"科比先生说，"字很漂亮。是以前人们说的那种铜版体。"

"这跟他信教有什么关系？"

"他说他们家没有电脑。"

"还有呢？"

"也没有手机。"

"我看不出这跟信教有什么关系。"麦金农夫人说。自从办公室禁烟后，她就改用钩针打发时间了。这会儿她正坐着钩一条婴儿毯，虽然还不知道钩好了要给谁用。

科比先生耸了耸肩。"他是个聪明的小伙子，只是有些很平常的东西反而不知道。像历史，他经常会编造一些细节，书里都没有的内容……"

"什么样的内容？"

科比先生批完了阿不的作业，放在一摞作业本的最上面。面前没了与阿不相关的东西，整件事情立刻变得模糊起来。"内容嘛……"话没说完，他就忘了这回事。就像他忘了把阿不的名字写进花名册一样。就像在学校的任何记录里都找不到阿不的名字那样。

这个男孩是个模范生，只是大家不知不觉就会忘记他。他的课余时间都花在英文教室后面那几架子平装版旧书上，再就是图书馆里。图书馆很大，里面装满了书，还有些老旧的扶手椅。他坐在里面如饥似渴地读书，跟有的小孩吃东西时一样热切。

就连其他孩子也都记不住他。除非他就坐在他们面前，这时他们倒是能认出来。可一旦这个叫欧文斯的男孩离开视线范围，他就同时从大家的脑海里消失了。他们不会想起他，也没有理由去想。如果让八年级 B 班的所有孩子闭上眼睛，数出班上二十五个男生女生的名字，欧文斯一定不在里面。他的存在就像个幽灵。

当然，如果他在跟前，那又不一样了。

尼克·法寻十二岁，可看起来好像十六岁一样。事实上，人们对他常有这样的误解。他是个大块头男孩，笑容扭曲，没什么脑子。在某种程度上，他是个实干派，一个熟练的店铺小偷，偶尔也使用暴力，对象都是比他弱小的孩子。他不在乎大家喜不喜欢自己，只要他们乖乖听话就行。另外，他还有个朋友叫莫瑞恩·奎林，人人都叫她"莫"。她很瘦，皮肤苍白，一头淡黄色的头发，有着水汪汪的蓝眼睛和天生就适合嗅来嗅去的尖鼻子。尼克喜欢到店里偷东西，但偷什么却是莫告诉他的。尼克出面揍人，恐吓威胁，但威胁的人选也是莫决定的。莫常常对尼克说，他俩是完美拍档。

此刻，他们两个就坐在图书馆的角落里瓜分七年级小孩的零花钱。他们已经调教出了八九个十一岁的孩子，让他们每周上缴零花钱。

"那个辛格小子还没交。"莫说，"你得去找找他。"

"好的。"尼克说，"他会付出代价的。"

"他上次偷的是什么？一张唱片？"

尼克点点头。

"点一下他犯的错就行了。"莫努力模仿电视里大佬的腔调。

"简单。"尼克说，"我们是完美拍档。"

"就像蝙蝠侠和罗宾。"莫说。

"像杰基尔博士和海德先生[1]还差不多吧。"有人插了一嘴。他就坐在靠窗的位子上看书，只是没被发现罢了。说完他就站起来，离开了图书馆。

保罗·辛格坐在更衣室的窗台上，双手死死地插在衣服口袋里，闷闷不乐地想着心事。他抽出一只手，摊开，看着掌心里的一小把硬币，摇了摇头，又合拢五指，握紧了它们。

---

1　出自英国作家罗伯特·史蒂文森的作品《化身博士》，表现同一个人的善恶两面。杰基尔博士是受人敬重的学者，服下自行研制的药剂后便化身为邪恶的海德先生。

"尼克和莫在等的就是这个？"有人问。保罗惊得跳了起来，硬币撒了一地。

说话的男孩帮着保罗一起捡起硬币，递给他。那是个高年级男孩，保罗觉得好像在哪里见过，可又吃不准。"你是他们一伙的吗？尼克和莫？"

男孩摇摇头。"不是。我觉得他们很讨厌。"他犹豫了一下才接着说，"其实，我来是想给你一点小建议。"

"啊？"

"不要给钱。"

"你说得倒轻巧。"

"因为他们没有把柄威胁我？"

男孩望着保罗，保罗羞愧地移开了眼睛。

"他们打你，威胁你，逼你去店里为他们偷了一张唱片。然后，他们告诉你，要么乖乖上缴零花钱，要么就等着被告发。他们是怎么做的，把你偷东西的过程录了下来？"

保罗点头。

"直接拒绝。"男孩说，"别被他们牵着鼻子走。"

"他们会杀了我的。他们还说……"

"告诉他们，你认为比起被迫偷了一张唱片，警察和学校应该对两个大小孩胁迫另一个小孩帮他们偷东西，还强迫他交出零花钱这件事更感兴趣。就说，如果他们敢再碰你一个指头，你就报警。另外，你已经把所有事情都写了下来，如果你出了任何事，哪怕只是青了一个眼眶之类的，你的朋友就会直接把东西交给学校和警察。"

保罗说："可是……我做不到。"

"那只要你还在这个学校一天，就得向他们上缴零花钱。

还会一直担惊受怕。"

保罗想了想。"那我为什么不干脆直接报警呢？"

"你愿意的话，可以啊。"

"我先试试你的法子。"保罗笑了。不算开怀大笑，但至少笑了，这是他三个星期以来第一次笑，这就够了。

就这样，保罗·辛格找到尼克·法寻，明白地说了自己如何不会再交钱给他，然后转身离开。尼克·法寻只能呆呆地站在那里，拳头握紧又松开，却一个字也说不出来。第二天，又有五个十一岁的男孩到操场找尼克·法寻，说他们想把上个月交给他的零花钱要回来，不然就去报警。这下子，尼克·法寻变成了全世界最不快乐的男孩。

莫说："是他，是他挑起的事情。要不是他的话……凭他们自己，绝对想不出这个办法。他才是我们该教训的人。教训了他，他们就会乖乖听话了。"

"谁？"

"总是在看书的，图书馆那个，阿杜·欧文斯。就是他。"

尼克慢吞吞地点了点头，然后说："他是哪个？"

"我回头指给你看。"莫说。


阿不习惯了被忽视，习惯了待在阴影里。当所有目光都自然而然地从你身上滑开时，一旦有双眼睛注视你，留意你，你就会立刻察觉。如果所有人的脑海里都没有你的影子，那么，当有另一个活生生的人对着你指指点点，跟踪你……这种事情就会显得格外突兀。

他们跟着阿不出了学校，走到大街上，经过街角的书报亭，穿过铁路桥。他不急不慢地走，确保后面两个人没有跟丢——一个人高马大的男孩，一个面相尖刻的女孩。最后，他走进了道路尽头的教堂小墓园。这是一片很小的墓地，就在当地教堂的背后。阿不在罗德里克·佩尔松和他的原配妻子安曼贝拉、第二任妻子波尔图尼娅（"他们长眠，以待重生"）的墓前停下脚步，等着他们。

"你就是那个小子。"女孩的声音说，"阿杜·欧文斯。很好，你惹上大麻烦了，阿杜·欧文斯。"

"事实上，不是阿杜。"阿不看着他俩，说，"Bù，阿不。至于你们，杰基尔和海德。"

"是你。"女孩说，"是你去找了那些七年级的。"

"所以，我们要给你好好上一课。"尼克·法寻咧嘴一笑，却没有笑意。

"我还真是很喜欢上课。"阿不说，"不过，要是你们肯多花些心思听课的话，就犯不着去勒索低年级小孩口袋里的零花钱了。"

尼克眉头一皱，说："你完蛋了，欧文斯。"

阿不摇摇头，朝着周围比画了一下。"我未必。他们倒的确是。"

"谁？"莫说。

"这个地方的人。"阿不说，"听着，我把你们带到这里来，是想给你们一个机会——"

"你才没有带我来。"尼克说。

"你们这不是来了吗？"阿不说，"是我想要你们到这里。我来了，你们也跟着来了。一回事。"

莫紧张地看了看四周："你找了朋友过来？"

"恐怕你没明白我的意思。你们两个必须收手，别再把其他人不当回事，别再伤害别人。"

莫咧嘴冷笑一声。"真要命。"她对尼克说，"揍他。"

"我给过你们机会了。"阿不说。尼克狠狠地冲着阿不挥出一拳，后者却突然原地消失，他的拳头重重地砸在了墓碑侧面。

"他人呢？"莫说。尼克骂骂咧咧地甩着手。莫环顾着这片阴沉沉的墓地，迷惑极了。"他在这里。你知道的，他在。"

尼克没什么想象力，根本不觉得有什么不对劲。"大概是跑了。"他说。

"他没有跑，就是突然不见了。"莫有想象力。动脑子的事一向都归她。天色已晚，教堂墓地鬼气森森的，她脖子后面的汗毛根根立了起来。"不对劲，非常不对劲。"莫念叨着。然后，她突然尖声说："我们走，离开这里！"声音里透着惊恐。

"我要找到那小子，"尼克·法寻说，"揍他个屁滚尿流。"可莫只觉得心慌。周围好像有许多影子在蠢蠢欲动。

"尼克，"莫说，"我害怕。"

恐惧是会传染的。看得见，摸得着。有时候，只需要有人说一句害怕，恐惧就会化为实体。莫吓坏了，现在，尼克也害怕起来。

尼克二话不说，撒腿就跑。莫紧跟在他身后，埋头冲向外面的世界。就在跨出墓园的一刹那，路灯亮起，将黄昏变成夜晚，阴影变为黑暗，在那黑暗之处，什么都可能发生。

他们一口气跑到尼克家，进屋后把所有灯都打开了。莫打电话给妈妈，带着哭腔求她开车来接自己回家。路很近，可她今晚不敢走路回家。

阿不满意地看着他们跑掉。

"干得不错，亲爱的。"有人在他身后说话，是个穿白衣的高个子女人，"先是个漂亮的隐身术，再来个恐吓术。"

"谢谢。"阿不说，"我还从来没试过对活人用恐吓术呢。我是说，我知道原理，可是……嗯。"

"效果挺好。"她兴致勃勃地说，"我是安曼贝拉·佩尔松。"

"阿不。不是谁·欧文斯。"

"那个活人男孩？山上那个大坟场的？真的吗？"

"唔。"阿不没想到在自家坟场以外还有人知道自己。安曼贝拉敲了敲坟墓的墙壁："罗迪？波尔图尼娅？快出来，看谁来了！"

很快，阿不面前就站了三个人，安曼贝拉逐一为他们引见。阿不一边握手一边说："荣幸之至！"他对于九百年内的各种问候礼仪都很熟悉。

"欧文斯阁下刚刚吓唬了几个孩子，不用说，他们是罪有应得。"安曼贝拉解释道。

"干得漂亮。"罗德里克·佩尔松说，"是有恶棍做了坏事，嗯？"

"他们欺负别人。"阿不说，"逼小孩子交出零花钱，类似那样的事。"

"上来就先吓唬一下，很不错的开场。"波尔图尼娅·佩尔松说，她是个矮胖妇人，年纪比安曼贝拉大得多，"可要是不管用的话，你还有什么别的打算吗？"

"我也没多想——"阿不刚开口，安曼贝拉就打断了他。

"要是我，就推荐入梦术，这个当后手应该是效果最好的。你会入梦术，对吧？"

"我说不准。"阿不说，"潘尼沃斯先生教过我怎么用，可我还没真正——好吧，其实我只知道原理，至于——"

波尔图尼娅·佩尔松说："入梦当然很不错，不过，或许我可以推荐幽魂探访？漂漂亮亮地当面对上一次，对付那些人，就只有这一招才管用。"

"噢，"安曼贝拉说，"探访术？波尔图尼娅我亲爱的，我不觉得这是个——"

"是啊，你不觉得。还好我们之中有一个人觉得。"

"我得回家了。"阿不急忙说，"他们该担心我了。"

"当然。"佩尔松一家人七嘴八舌地说了几句"很高兴见到你""年轻人，祝你度过一个愉快的夜晚"之类的话。安曼贝拉·佩尔松和波尔图尼娅·佩尔松相互瞪着对方。罗德里克·佩尔松说："恕我冒昧，不过，你的监护人，他还好吗？"

"塞拉斯？哦，他很好。"

"请代我们向他致意。恐怕我们这样的教堂小墓地是……罢了，我们可能永远也见不到一个真正的荣耀卫队成员。不过，只要知道他们在就行了。"

"我会转告他的。"阿不没听懂这个男人在说什么，但还是把这件事放在了心上。他道了声晚安，然后拎起书包，步入令他倍感舒适的阴影中，朝家走去。


去活人的学校上学并不能免除阿不在坟场的功课。长夜漫漫，有时候阿不实在太累了，就只好跟老师道歉请个假，赶在午夜前爬上床睡觉。但大多数时候，他都能坚持。

潘尼沃斯先生近来没什么好抱怨的。阿不学习很用功，还积极提出问题。今天晚上阿不想了解的是闹鬼术，问题一个比一个具体，问得潘尼沃斯先生几乎恼羞成怒起来，毕竟他自己其实从来没有真正用过这种东西。

"具体要怎么做才能在空中准确定位，制造出一个冷点？"

"我觉得我已经掌握恐吓术了，可怎么才能全面提升到惊恐术呢？"

潘尼沃斯先生一边叹气，一边哼哼唧唧，竭尽全力给出解答，不知不觉，时间就已经走到了将近凌晨四点。

第二天上学，阿不很吃力。第一节是他最喜欢的历史课，通常他都要拼命压制冲动，不让自己站起来说事情不是那样的，说亲身经历过那个时代的人不是这么讲的。可这天早晨，阿不的全副精力都在和瞌睡做斗争。

他想方设法把注意力集中在听课上，因此也就顾不上留心身边的动静。教室门被敲响时，他满脑子都在想着查尔斯国王一世，想着自己的父母欧文斯夫妇，还有另外一家人，他记不清是谁了。科比先生和全班都转头去看——是个七年级学生，被打发过来借课本。就在这时，阿不感觉到有什么东西扎在了自己的手背上。他没有叫，只是抬头看去。

尼克·法寻正龇着牙冲他笑，手里握着一支削尖的铅笔。"我不怕你。"尼克·法寻压低了声音说。阿不看了看自己的手背，一小滴血从铅笔扎破的小洞里冒了出来。

这天下午，莫·奎林和阿不在走廊里遇上了。她眼睛瞪得老大，大到能看到瞳孔周围的一整圈白眼珠。

"你是个怪胎。"她说，"你没有朋友。"

"我来这儿不是为了交朋友的。"阿不如实相告，"我来是为了学习。"

莫的鼻头一皱："你知道这有多怪异吗？没有人是为了学习来上学的。我说，大家来上学，只是因为不得不来罢了。"

阿不耸了耸肩。

"我不怕你。"莫说，"不管你昨天玩的是什么把戏，都吓不到我。"

"好的。"阿不说完，便沿着走廊继续往前走去。

他怀疑自己犯了错，不该搅和到这桩事里去。至少有一点是肯定的：他判断失误了。莫和尼克已经开始谈论他，说不定那些七年级的学生也一样。有人注意到他了，还把他指给其他人看。他开始有了存在感，不再缺席。这让他感觉很不舒服。塞拉斯告诫过他，要低调行事，在学校里随时保持半隐身的状态。可现在，一切都变了。

当天晚上，他把事情原原本本地告诉了他的监护人。塞拉斯的反应出乎他的意料。

"我真不敢相信，"塞拉斯说，"你竟然会这么……这么愚蠢。我再三叮嘱，只有一个要求，就是不要引人注目。可现在，你成了学校里的话题人物？"

"可你说，我该怎么做？"

"反正不是现在这样。今时不同往日，他们有办法追踪到你，阿不。他们会找到你的。"塞拉斯不动声色的外表就像沸腾岩浆外包裹的坚硬火山岩。阿不之所以知道他有多生气，完全是因为足够了解自己的监护人——他应该是在竭力压制怒火。

阿不咽了一下口水。"我该怎么办？"他只能说。

"不要回去了。上学这件事本来就是个尝试。现在我们只能承认，这次尝试不算成功。"

阿不没有吱声，过了会儿才说："不只是学习，还有别的。像那样，坐在全是活人的房间里，所有人都在呼吸，你知道是多么美妙的事情吗？"

"我从来都没法在这种事情里感到愉快。"塞拉斯说，"总之，明天你就不要回学校了。"

"我不会逃避，不管是莫、尼克，还是学校。我现在就走，离开这里。"

"你得听话，孩子。"黑暗中搅动着天鹅绒般暗沉的愤怒。

"不听又怎样？"阿不涨红了双颊，"你要怎么把我留在这里？杀了我？"他转身朝着山下的坟场大门走去，那条路一直通往坟场外面。

塞拉斯开始还叫了几声，要他回来。随后便停了下来，独自站在黑夜中。

大多数时候，他的表情无法解读。可现在，这张脸就像摊开的书一样，写满了久已失传的语言，每一个字母都无从想象。塞拉斯卷起周围的暗影，像毯子一样裹住自己，静静注视着男孩离开的方向，没有跟上去。


尼克·法寻躺在床上，已经睡着了。他梦见海盗，阳光耀眼，碧波万顷，可转眼间，一切都不对了。上一秒他还是海盗船长，驾着自己的海盗船，那真是个快乐的地方啊，船员全都是俯首帖耳的十一岁男孩，也有女孩，女孩都比尼克大一两岁，穿上海盗服的样子格外漂亮。可下一秒，就只剩下他一个人孤零零地站在甲板上，一艘巨大的黑船穿越风暴，对着他迎面驶来，黑船足有油轮大小，挂着破烂的黑色船帆，船头画着一个骷髅。

再一转眼，正像梦境里常有的那样，他站到了那艘大船的黑色甲板上，有人正居高临下地俯视他。

"你不怕我。"那人凌空而立。

尼克抬头望去。他吓坏了，在自己的梦里，被另一个穿着海盗服的人吓坏了。只见那人面无表情，一只手按在一柄弯刀的刀柄上。

"尼克，你以为你是个海盗？"他的俘虏者问。尼克忽然在他身上找到一丝熟悉的感觉。

"你是那个男孩。"他说，"阿杜·欧文斯。"

"我，"他的俘虏者说，"不是谁。而你，需要改变。洗心革面，改过自新。否则，会有很坏的事情发生在你身上。"

"怎么个坏法？"

"你心里会知道。"这位海盗之王说。话音落地，他就变成了班上那个男孩，海盗船的甲板也变成了学校的礼堂，只是风暴并没有减弱，礼堂的地板也依然像海上的船一样，起伏翻涌，颠簸不休。

"这是梦。"尼克说。

"当然是梦。"男孩说，"要是真的，那我可就成魔鬼了。"

"既然是梦，你又能拿我怎么样呢？"尼克笑了，说，"我不怕你。你手背上还有我的铅笔印呢。"他指了指阿不的手背，上面有个黑点，是铅笔芯留下的痕迹。

"但愿事情不必发展到那个地步。"男孩说着，把头一偏，像是在侧耳细听什么动静似的。"它们饿了。"他说。

"什么饿了？"尼克问。

"地窖里的东西。也可能是甲板下面。这取决于你在学校还是在船上，对不对？"

尼克开始发慌了："不会是……蜘蛛吧……不是吧？"

"说不定啊。你会知道的，对吧？"

尼克拼命摇头："不，求你，不要。"

"噢，"男孩说，"那就看你自己了。是洗心革面，还是去参观地窖。"

动静更大了，窸窸窣窣的，像是有很多东西在飞快地爬动。尼克·法寻不知道那是什么，可他十分……百分之百肯定，无论最后出来的是什么，一定是他这辈子见过的，乃至于未来可能遇见的，最最可怕、最最吓人的东西……

他尖叫着醒了过来。

阿不听到了这声尖叫，那是恐惧的叫声。辛苦这么一遭总算有了成果，他很满意。

他站在尼克·法寻家门口的人行道上，浓重的夜雾濡湿了他的脸颊。他很兴奋，却也耗尽心神。阿不心里明白，刚才的入梦术施行得十分勉强，梦里只有尼克和他自己这两个角色，唬住尼克的也不过是一串杂音而已。

但阿不已经很满意了。至于那个男孩，下次再想欺负低年级的小孩时，总该要犹豫一下了。

那么，接下来呢？

阿不双手插兜，转身离开，不知道下一步该去哪儿。他想他会离开学校，就像离开坟场一样。他会去一个没有人认识自己的地方，整天整天地泡在图书馆里，读书，听人们呼吸的声音。如果世界上还有无人荒岛，就像鲁滨孙·克鲁索的轮船失事后流落到的地方，或许他可以去找一个，住在上面。

阿不没有抬头。不然，他就会看到一双水汪汪的蓝色眼睛出现在一间卧室的窗户后面，正死死地盯着他看。

他拐进一条小巷，这里没有灯光，更舒服。

"你这是在逃跑吗？"一个女孩的声音响起来。

阿不没有说话。

"活人和死人就是不一样，对吧？"那个声音继续说。虽然看不到人，可阿不知道，说话的是丽萨·汉普斯托克，那个小女巫。"死人不会让你失望。他们已经过完了一生，完成了该完成的事。我们不会变。至于活人嘛，总会让你失望，你说是吧？你遇到一个男孩，勇敢、高尚，可一长大，他就逃跑了。"

"这样说不公平！"阿不说。

"我认识的那个不是谁·欧文斯才不会一声不吭就从坟场跑掉，甚至都没有跟那些关心他的人打个招呼。欧文斯夫人的心要被你伤透了。"

阿不没想到这一点。他说："我跟塞拉斯吵了一架。"

"所以呢？"

"他想让我回坟场，不上学了。他觉得太危险。"

"为什么？有你的天赋，还有我的咒语帮忙，那里几乎没有人注意到你。"

"我惹了麻烦。学校里有学生欺负其他孩子，我想阻止他们，结果把大家的注意力都引到了自己身上……"

丽萨现出身形，只是一个雾蒙蒙的影子，和阿不并肩走在小巷里。

"那个杀害你全家的人，"她说，"他就在这外面，不知道什么地方，想要你死。我们这些坟场里的却想要你活。我们想让你带给我们惊喜，带给我们失望，带给我们难忘的回忆和惊奇的体验。回家吧，阿不。"

"我想……我对塞拉斯说了一些话。他可能生气了。"

"如果他根本不在乎你，就不会为你担心或者动气。"丽萨点到为止。

地上铺满了秋天的落叶，踩上去总觉得不那么踏实。雾气模糊了世界的形状与边缘，一切都不像阿不几分钟前所想的那样斩截分明。

"我用了入梦术。"他说。

"效果怎么样？"

"挺好。唔，还算不错吧。"

"你该告诉潘尼沃斯先生，他会很高兴的。"

"你说得对。应该告诉他。"

阿不走到小巷尽头，却没有照先前打算的那样往右拐，逃离这个世界。他转向左手边的主街，走这边可以可到邓斯坦路和山上的坟场。

"怎么了？"丽萨·汉普斯托克说，"你这是做什么？"

"听你的话，"阿不说，"回家。"

到这里就能看到亮着灯的店铺了。街角的炸鱼薯条店飘来热油的味道，地面的石板反着光。

"这就对了。"丽萨回到只有声音的状态。紧接着，这声音喊了起来："快跑！要么隐身！情况不对！"

阿不正想说没什么不对，是她多心了，可话还没出口，一辆宽大的汽车就闪着顶灯横穿马路，停在了他面前。

从车上下来两个男人。"打搅一下，年轻人。"其中一个说，"警察。我能问问，你这么晚还在外面是在干什么吗？"

"我不知道这违反了哪条法律。"阿不说。

块头大一些的警察拉开后座的车门。"小姐，你看到的是这个年轻人吗？"

莫·奎林从车上走下来，看了一眼阿不，笑了。"就是他。

他摸进我家后院偷东西，然后就跑掉了。"她盯着阿不的眼睛，"我在卧室里看到你了。我想，就是他把我家窗玻璃砸碎的。"

"你叫什么名字？"个头小一些的警察问。他蓄着姜黄色的小胡子。

"不是谁。"阿不说，跟着便"嗷"地叫了起来，因为姜黄胡子警察用拇指和食指揪住阿不的耳朵，用力拧了一下。"少给我来这套。"警察说，"老实回答，懂了吗？"阿不没说话。

"你住在哪里？详细地址。"警察问。

阿不还是不吱声。他想要隐身，但隐身术的原理是将人们的注意力从你身上转移开。这很难，哪怕有女巫在一旁帮忙也并不容易，更别说还有一双警察的大手就按在他身上了。

阿不说："你不能因为我不告诉你名字或者地址就逮捕我。"

"是啊。"警察说，"我不能。不过我可以把你带到警局去，直到你告诉我们一个成年人的名字，父母、监护人，总之是能负责的，到时我们再把你交到他手上，放了你。"

他把阿不塞进车后座。莫·奎林也在里面，她脸上挂着笑，活像一只刚刚吃掉了一整窝金丝雀的猫。"我在窗户里看到你了。"她悄声说，"于是就报了警。"

"我什么也没干。"阿不说，"甚至都没进你家院子。还有，为什么他们会带着你来找我？"

"后面的，安静！"大个子警察说。所有人都沉默下来，警车一直开到一栋房子前面，一定就是莫的家了。大个子警察拉开车门，让她下了车。

"我们明天给你打电话，把情况告诉你爸妈。"大个子警察说。

"谢谢，塔姆叔叔。"莫笑着说，"这是我应该做的。"

警车掉头穿过城区，没有人说话。阿不努力尝试隐身，还是不成功。他很难受，觉得自己很可悲。这一晚，他第一次真正和塞拉斯吵了一架，第一次尝试离家出走，却没走成，现在想回家，又回不去。他没办法告诉警察他住在哪里，叫什么名字。他这辈子恐怕要一直被关在警察局或者关小孩的监狱里了吧。他们有这种关小孩的监狱吗？他不知道。

"请问一下，你们有那种关小孩的监狱吗？"他问前排座位上的两个人。

"现在知道要担心了，是吧？"莫的塔姆叔叔说，"我不怪你。你们这种小孩，一天到晚乱跑。要我说，有些就该关起来才对。"

阿不没听明白，这究竟是说有，还是没有。他转头望向车窗外。有什么东西从空中掠过，很大，先是在车顶，然后飞到了侧面。这影子比最大的鸟还要大一些，黑一些，差不多一个成年人大小，飞起来忽隐忽现的，像蝙蝠一闪而过。

姜黄胡子警察说："到了警察局，你最好老实交代名字，告诉我们该打电话找谁来接你，我们可以说已经好好训了你一顿，然后他们就可以把你领回家了。听明白了？你合作，这一晚大家都轻松，咱们都能少些书面的麻烦。我们是你的朋友。"

"你对他也太客气了。关一晚上也不算什么。"大块头警察对他的朋友说。然后，他回过头，盯着阿不，说："要是今晚特别多事，我们可就得把你和那些醉汉关在一起了。那些人可不好相处。"

阿不心想，他在骗人！他们是故意的，一个唱红脸，一个唱白脸……

警车拐过街角，"嘭"的一声，重重地撞上了什么！一个大块头的东西滚过车前盖，飞进了黑暗里。一声刺耳的急刹，姜黄胡子警察低声咒骂起来。

"是他突然跑到路中间来的。"他说，"你们看到了！"

"我没看清。"大块头警察说，"但你肯定是撞到什么了。"

两个警察都下了车，打开手电筒到处照。姜黄胡子警察说："他穿的黑衣服！你根本看不到他。"

"在那边。"大块头警察喊了一声。两人打着电筒，急急忙忙跑过去查看躺在地上的人。

阿不试着拉了拉后座的门把手。拉不动。前后座之间隔着金属栅栏，就算他成功隐身了，也还是困在后座上逃不掉。

他竭力探过身子，伸长了脖子，想看看究竟是怎么回事，路上到底有什么。

姜黄胡子警察蹲在一个人的旁边，正俯下身子去看他。大块头警察站在他们前面，打着手电筒，照在那人的脸上。

阿不看到了被撞飞的人的脸，立刻疯狂地死命拍打起窗户来。

大块头警察走过来。

"干什么？"他暴躁地说。

"你们撞的是我——我爸爸。"阿不说。

"开什么玩笑。"

"看着像是他。"阿不说，"我能过去看看吗？"

大块头警察的肩膀垮了下来。"天哪！西蒙，这小孩说那是他爸爸。"

"你别跟我瞎开玩笑。"

"我看他是当真的。"大块头警察拉开车门，阿不跳下车。

塞拉斯手脚摊开，仰面朝天躺在地上，躺在他刚刚被车撞倒的地方，一动不动，好像死了一样。

阿不的眼睛刺痛起来。

他喊了一声："爸爸？"然后转头说："你们杀了他。"他告诉自己，这不是撒谎——不算真的撒谎。

"我已经叫救护车了。"西蒙——那个姜黄胡子的警察说。

"这是意外。"另一个说。

阿不趴在塞拉斯身边，紧紧握住他冰冷的手。如果他们已经叫了救护车，那时间就不多了。他说："你们完了，你们的工作完蛋了。"

"这是意外——你自己也看到了！"

"他突然冒出来——"

"我看到的是，"阿不说，"你答应帮你的侄女吓唬一个只是跟她在学校里有过矛盾的孩子，所以就借口说我晚上在外逗留，非法逮捕了我。然后，我爸爸不过是赶过来，想拦下你们看看究竟出了什么事，你们就故意把他撞飞了。"

"这是意外！"西蒙重复道。

"你跟莫在学校闹过矛盾？"莫的塔姆叔叔说，口气不再那么笃定了。

"我们都是老城中学八年级 B 班的学生。"阿不说，"你们杀了我爸爸。"

他听到远处传来了救护车的声音。

"西蒙，"大块头男人说，"我们得谈谈这事儿。"他们走到警车的另一边，留下阿不和地上的塞拉斯一起待在黑暗中。阿不听到两个警察在激烈地争执，一个说"你那个烦人的侄女"，另一个说"都怪你不好好看路"，西蒙的手指头戳在塔姆的胸膛上……

阿不悄声说："他们没看这边。就现在。"说完，他就隐身了。

一道更深的暗影卷过，地上的人站了起来。

塞拉斯说："我带你回家。抱住我的脖子。"

阿不二话没说，紧紧抱住了他的监护人。他们一头扎进黑夜，朝坟场飞去。

"我很抱歉。"阿不说。

"我也是。"塞拉斯说。

"疼吗？那样让车撞一下？"

"疼。"塞拉斯说，"你该谢谢你的小女巫朋友。是她来找到我，告诉我你遇到了麻烦，以及具体是什么样的麻烦。"

他们降落在坟场里。阿不看着自己的家园，仿佛第一次见到一样。他说："今晚的事真是太愚蠢了，对吧？我是说，都怪我，平白冒了这么大风险。"

"小阿不，你不知道风险有多大。你不知道的事情还有很多。"

"你是对的。"阿不说，"我不回去了。不回学校，再也不做这样的事了。"


莫瑞恩·奎林度过了她这辈子最糟糕的一个星期。尼克·法寻不跟她说话了；塔姆叔叔为了那个欧文斯小子的事对她大吼大叫，还要她永远都不许向任何人提起那天夜里的事情，不然他就得丢掉工作，还说要是真到了那个时候，他绝不会让她有好果子吃；爸爸妈妈也对她发了好大的火。她感觉全世界都背叛了她，就连那些七年级的也不怕她了。真是糟糕透顶。迄今为止发生的这一切，都是那个叫欧文斯的小子的错，她要亲眼看着他在痛苦中悲惨地挣扎。别以为被警察抓就很糟了……哼，她会设计出更巧妙的复仇计划，更复杂，也更厉害。只有想着这些时，她才能感觉好受一点，可就连它们，也并不能真正解决问题。

如果这世上还有什么事会让莫感到毛骨悚然，那一定就是打扫科学实验室了。收拾本生灯，检查所有试管、陪替氏培养皿、没用过的滤纸等诸如此类的东西，看它们有没有各归其位。实验室有严格的轮班表，每两个月才会轮到她一次，只不过……既然这是她人生中最糟糕的一周，那偏偏在这时候轮到实验室值日，也算是顺理成章了。

至少还有霍金斯夫人在，她是综合科学课的老师，还留在教室里整理试卷，收拾东西，准备结束一天的工作。只要有她在，有随便哪个别的人在，总是能让人安心一些。

"干得不错，莫瑞恩。"霍金斯夫人说。

一条白蛇在装满防腐液的罐子里瞪着一双盲眼俯视她俩。莫说："谢谢。"

"不是应该有两个人值日吗？"霍金斯夫人问。

"本来应该是那个男孩欧文斯跟我一起值日。"莫说，"可他好几天没来上学了。"

老师皱起了眉头。"那是谁？"她茫然地问，"我的花名册上没有他。"

"阿杜·欧文斯。头发有点长，偏棕色。话不多。就是上次小考时唯一能说出全部人体骨骼名称的那个。记得吗？"

"不太记得。"霍金斯夫人承认。

"你肯定记得！谁都不记得他！就连科比先生都不记得！"

霍金斯夫人把没批完的卷子装进包里，说："好吧，亲爱的，辛苦你一个人干活儿了。走之前别忘了把工作台擦干净。"然后她就走了，出去时还带上了实验室的门。

科学实验室很旧了。工作台是深色的长条木桌，酒精灯、水龙头和水池都是嵌在桌面上的。同样的深色木架上，整齐地摆放着一排排大号的瓶子，里面漂着的东西都已经死了很久。教室角落里甚至还有一具发黄的人体骨架——莫不知道那是真的还是假的，但此时此刻，它是真的让她汗毛都立起来了。

这是一间长条形的屋子，她的每一个动作在这里都有回声。为了让这地方显得稍微不那么吓人，她把所有的灯都打开了，就连白板灯也没落下。屋子里越来越冷，真想把取暖器开得再大一些。她走到大暖气片跟前，伸手摸了摸。金属片热得烫手，可她依然冷得发抖。

教室里空荡荡的，空气里弥漫着某种让人不安的东西。莫觉得自己好像并不是一个人在这里，好像有什么在看着她。

得了吧，当然有东西在看。她想，那些罐子里有一百样死东西在看着我呢，更别说还有一副骷髅架子了。她抬头扫了一眼标本架。

就这一眼，罐子里的标本都动了起来。一条有着乳白色眼球的盲眼蛇在它的酒精罐子里舒展开身体。一个浑身是刺的无脸海洋生物扭动着，在它装满溶液的家里旋转起来。一只死了好几十年的小猫龇开牙齿，正在挠玻璃。

莫闭上眼睛。这不是真的，她告诉自己，都是我想象的。

"我不怕。"她大声喊。

"那就好。"后门口的阴影里传来一个声音，"害怕的感觉非常不好。"

"那些老师全都不记得你了。"

"可你记得。"男孩说。

就是他，一手造成了她所有的不幸。莫抓起一个玻璃烧杯朝他砸去，却眼睁睁看着它偏离了目标，砸在墙上摔得粉碎。

"尼克怎么样了？"阿不说，好像什么都没有发生一样。

"他怎么样！你明知故问。他连话都不跟我说了，在班上也不说话，下课就回家做他的家庭作业，说不定还搭轨道模型。"

"很好。"

"那你呢，"莫说，"你已经一个星期没来上学了。你惹上大麻烦了，阿杜·欧文斯。警察都来过，他们在找你。"

"倒是提醒我了……你的塔姆叔叔怎么样了？"阿不说。

莫没有说话。

"从某个角度说，"阿不继续往下说，"你赢了。我离开了学校。但换个角度来说，却未必。莫瑞恩·奎林，你被鬼缠过吗？有没有看着镜子，却怀疑里面那双望着你的眼睛不是你自己的？有没有坐在空荡荡的房间里，却发现自己并不是一个人？这些可不是什么愉快的经历。"

"你要让鬼来缠着我？"她的声音在发抖。

阿不一个字也没说，只是紧紧盯着她。教室另一头的角落里，有什么东西掉到了地上——是莫的书包从椅子上滑了下来。等她再回过头来时，教室里又只剩下她一个人了。或者说，至少她看不到别的人在。

看来，她回家的路注定会无比漫长，无比黑暗。


男孩和他的监护人站在小山顶上，望着远处城里的灯光。

"还疼吗？"男孩问。

"有一点。"他的监护人说，"不过我恢复得很快。要不了多久就能痊愈了。"

"你会死吗？像那样走出去被车迎面撞上？"

他的监护人摇了摇头。"的确有些办法能杀死像我这样的人，但不包括撞车。我活了很多年了，非常强壮。"

阿不说："我错了，是不是？整件事都错了，又想出去，又想不引起别人的注意。忍不住卷进学校那些孩子的事情里。再后来就是警察，你知道的，那些乱七八糟的事情。都是因为我太自私了。"

塞拉斯挑起一边的眉毛。"你不是自私。你需要和自己的同类在一起，完全可以理解。只是去活人的世界总会麻烦一些，在外面，我们很难完全保障你的安全。我希望你能百分之百安全。"塞拉斯说，"但对你们来说，只有一个去处是百分之百安全的。只是，除非你完成了属于你的所有冒险，否则是去不了的。"

阿不摩挲着托马斯·R.司陶特（1817—1851，"知他者皆深深怀念"）的墓碑，感觉到苔藓在手指下被碾碎。

"他还在外面。"阿不说，"那个杀了我全家的人，我原来的家人。我需要了解有关人的东西。你还是要阻止我离开坟场吗？"

"不。那是个错误，我们都从中得到了教训。"

"那怎么办？"

"我们应该尽全力满足你对故事、书本和外面世界的兴趣。外面有图书馆，还有很多其他的场合，都可以让你置身活人之间，比如剧院和电影院。"

"那是什么？像足球那样吗？我在学校的时候很喜欢看他

们踢足球。"

"足球。唔，球赛的时间对我来说可能都太早了点。"塞拉斯说，"不过等卢佩斯库小姐下次来的时候，可以让她带你去看足球赛。"

"太好了。"

他们朝山下走去。塞拉斯说："我们两个在过去几个星期都露了马脚，留下太多痕迹。你知道的，他们还在找你。"

"你以前也说过。"阿不说，"可你是怎么知道的？还有，他们是谁？到底想要什么？"

塞拉斯只是摇摇头，不肯再说下去。阿不只能暂且按捺住好奇，不再追问。

# 7

# 杰克倾巢出动

最近几个月，塞拉斯一直心事重重。他开始频繁地离开坟场，一走就是好几天，甚至好几个星期。圣诞节时，卢佩斯库小姐过来代班，待了三个星期。阿不和她一起在她老城的小公寓里吃饭。她甚至还带他去看了一场足球比赛，就像塞拉斯说过的那样。可后来，她也回那个她称之为"古老国度"的地方去了，走之前捏了捏他的脸，还管他叫"尼米尼"——这已经成了她对阿不的专属昵称。

现在，塞拉斯走了，卢佩斯库小姐也走了。欧文斯夫妇坐在约西亚·沃辛顿的墓里说话。大家都不开心。

约西亚·沃辛顿说："你们是说，他没跟你们任何一个人交代他去了哪里，也没说这孩子接下来该怎么照顾？"

见欧文斯夫妇都在摇头，约西亚·沃辛顿说："哦，那他究竟在哪儿？"

欧文斯夫妇没有答案。欧文斯先生说："他从来没有离开过这么长时间。而且他答应过的，当初这孩子来到我们身边的时候，他就说会一直在，至少也会找人代替他来照顾孩子。他答应过的。"

欧文斯夫人说："我很担心，他准是出事了。"她快哭了，可眼泪转眼就化作了怒火，"他这样真是太差劲了！难道就没有什么办法能找到他，把他叫回来吗？"

"我不知道有什么办法。"约西亚·沃辛顿说，"可我想，他一定在地窖里留了钱，给那孩子买东西吃。"

"钱！"欧文斯夫人说，"钱有什么用？"

"如果要出去买食物的话，阿不就需要用钱。"欧文斯先生刚说了一句，欧文斯夫人就掉转枪头，冲他开了火。

"你们都一样差劲！"说完，她就离开了沃辛顿的坟墓，去找她的儿子。不出所料，阿不在山顶上，正望着远处的小城。

"出一个便士，告诉我你在想什么。"欧文斯夫人说。

"你哪有一个便士。"阿不说。他已经十四岁了，比母亲还高一点。

"我棺材里有两个。可能有点发绿了，但的的确确还是我的。"

"我在想外面那个世界。我们怎么知道那个杀我全家的人还活着？怎么知道他还在外面？"

"塞拉斯说他在。"欧文斯夫人说。

"可塞拉斯什么也不告诉我们。"

"他都是为了你好。你知道的。"

"谢天谢地。"阿不无动于衷地说，"可他人在那儿呢？"

欧文斯夫人无言以对。

阿不又说："您见过那个杀了我全家的人，对吗？在您收养我的那天。"

欧文斯夫人点点头。

"他是什么样的？"

"说实话，我当时的注意力几乎都放在你身上了。让我想想……他的头发很黑，非常黑。整个人让我觉得害怕。脸很

瘦，满脸狂躁，急不可耐的样子。是塞拉斯打发他走的。"

"塞拉斯为什么不干脆杀了他？"阿不恨恨地说，"他那时候就该直接把他杀了。"

欧文斯夫人用她冰冷的手指摸了摸阿不的手背，说："他不是嗜杀的魔鬼，阿不。"

"如果塞拉斯那时候就把他杀了，我现在就安全了，哪儿都可以去。"

"这些事情，塞拉斯知道得比你多，也比我们所有人都多。塞拉斯懂得有关生与死的事情。"欧文斯夫人说，"没那么简单。"

"他叫什么名字？那个杀了他们的人。"

"他没说。那时没说。"

阿不转头盯着她，眼里阴沉沉的，仿佛有雷雨云在聚集。"但您知道，是不是？"

"可你什么也做不了，阿不。"

"我可以，我能学。只要需要，我什么都学得会。我学会了分辨食尸鬼之门，学会了入梦术，卢佩斯库小姐教会我观星，塞拉斯教我沉默，我会闹鬼术、隐身术，我了解这个坟场的每一寸土地。"

欧文斯夫人抬起一只手，抚摸着儿子的肩膀。"总有一天……"可她犹豫了……总有一天，她将再也不能触碰到他。总有一天，他会离开他们。总有一天。于是，她说："塞拉斯告诉我，那个杀害你全家的男人，别人叫他杰克。"

阿不没有说话，过了会儿才点点头。"母亲？"

"怎么了，儿子？"

"塞拉斯什么时候回来？"

午夜的风从北方吹来，很冷。

欧文斯夫人不生气了。她开始害怕，为她的儿子担心。她只能说："我也希望我知道，我亲爱的孩子，我也希望我知道。"

斯嘉丽·安珀·帕金斯十五岁了，她坐在一辆老双层公交车的上层，心里乱糟糟地充满了怒火与愤恨。她恨父母离婚，恨母亲离开苏格兰，恨父亲竟好像一点儿都不在意她的离去。她恨这座小城是如此不同，没有一点儿像她从小长到大的格拉斯哥。她恨这里，恨总是不知道在哪一个时刻，在转过哪一个街角的时候，就会有莫名的熟悉感猝不及防地袭来，熟悉得让人心痛，让人害怕。

她今天早上跟妈妈发了脾气。"至少在格拉斯哥我还有朋友！"斯嘉丽说，不算大吼大叫，也算不上哭诉，"我再也见不到他们了！"她妈妈却只是说："至少你还在一个从前生活过的地方。要知道，你小的时候我们就住在这里。"

"我不记得了。"斯嘉丽说，"我在这里一个人也不认识。难道你是想让我去找五岁时的老朋友？你就是这么打算的？"

妈妈说："哦，那我也不反对。"

斯嘉丽这一天都很生气，在学校生气，现在依然生气。她恨这个学校，恨这个世界，此时此刻，尤其恨这座小城的公交系统。

每天放学后，她都要搭乘开往市中心的 97 路公交车回家，从校门口一直坐到她们住的街口，母亲在那条街上租了一间小公寓。可今天这么个刮风的四月天里，她在站台上等了快半个小时，一辆 97 路都没来，所以，看到一辆写着终点也是市中心的 121 路进站时，她就跳了上去。可她的公交车平时都是右转，这一趟却是往左转，开进了老城区，经过老城广场的市民花园，开过约西亚·沃辛顿准男爵的塑像，然后，沿着一条曲曲弯弯的山路开始上山，山路两旁排列的房子又瘦又高。斯嘉丽的心沉了下去，凄凉的感觉取代了怒气。

她走到下层，慢慢挤到车头处，看到写着"车辆行驶过程中不要和司机说话"的提示牌。她对司机说："不好意思，我要去金合欢大道。"

司机是个大块头妇人，皮肤比斯嘉丽还要黑一些。她说："那你应该坐 97 路啊。"

"可这趟车不也去市中心吗？"

"要最后才到。而且就算到了，你还得再走一段回头路。"女人叹了口气，"最好的办法，是你现在就下车，走路下山。老市政厅前面有个公交站，你在那里搭 4 路或者 58 路都行，两趟车都到金合欢大道附近。你可以在体育中心下车，往前走一点就行了。听明白了吗？"

"4 路或者 58 路。"

"这里可以下。"这是半山腰的一个招呼站，就在刚过了两扇大铁门的地方。大门敞开，里面看着阴沉沉的，没什么吸引力。公交车门打开了，斯嘉丽站在门口没动。司机催她："去吧，下车。"她刚跳下车，公交车就喷出一阵黑烟，吭哧吭哧开走了。

风吹得围墙里面的树沙沙作响。

斯嘉丽掉头下山，心里想着，这就是为什么她需要一部手机。平日里，哪怕回家晚了五分钟，妈妈都会紧张，可她就是不肯给斯嘉丽买一部手机。唉，随便吧。她今天又少不了要挨一顿骂了。这不是第一次，也不会是最后一次。

她走到敞开的铁门边，朝里面望了一眼……

"真是奇怪。"她不由得说出了声。

有一个说法叫"既视感"，意思是，有时候你会觉得自己曾经到过某个地方，有似曾相识的感觉，也许是以前梦到过，也许是在脑海中经历过。斯嘉丽有过这样的体验，比如突然预感到老师要告诉大家她刚从因弗内斯度假回来，或是在看到有人弄掉了勺子时，觉得见过一模一样的情形。可这次不同。这不是那种"好像来过"的感觉，应该是真的来过。

斯嘉丽跨过敞开的大门，走进了坟场。

一只喜鹊在她进门时被惊起，在空中划过一道黑、白和荧光绿色的彩虹，最后落到一棵紫杉树上，看着她。转过那个弯，她心想，后面是一座教堂，教堂前面有张长椅。她转过去，真的看到了教堂——比她脑海中的小很多。那是一座灰色石头砌成的哥特式建筑，墙面斑驳，阴气森森，高耸的塔尖直刺天空。教堂前面是一张饱经风霜的木头长椅。她走过去，在长椅上坐下，晃荡起双腿，像个小女孩一样。

"你好。呃，你好？"一个声音从她背后传来，"我知道这很冒昧，不过，能不能麻烦你帮我按一下这个，呃，实在是需要有人搭把手……如果不太麻烦的话。"

斯嘉丽回头望去，看到一个穿浅褐色雨衣的男人蹲在一块墓碑前，手里按着一张很大的纸，纸被风吹得上下乱飞。她赶紧起身帮忙。

"压住这里，"男人说，"一只手在这里，另一只压这边。对，就是这样。万分感谢。"

他从身边的饼干罐子里抽出一根蜡笔模样的东西，和小支的蜡烛一般大，在纸上轻柔、熟练地来回涂抹。

"好了。"他兴高采烈地说，"出来了……哎呀，有一点点糊，下面这里，我想应该是常春藤，维多利亚时期的人很喜欢常春藤纹，用在各种东西上，有强烈的象征意味……好了，你可以松手了。"

他站起来，伸手顺了顺灰白的头发。"噢——要站一下才行。腿麻了。"他说，"你看这个怎么样？"

墓碑本身覆盖着黄绿色的地衣，破败不堪，几乎什么也看不出来，倒是拓片很清楚。"玛杰拉·柯兹比德，本教区的老小姐，1791—1870，'万物皆逝，唯有怀念长存'。"斯嘉丽念道。

"现在说不定连怀念也没了。"男人说。他的头发有些稀疏，冲着斯嘉丽露出一个犹豫的笑容，眨了眨眼。他戴着一副小圆框眼镜，看起来有点像只好脾气的猫头鹰。

一大滴雨落在纸上溅开来，男人手忙脚乱地卷起拓片，抓起那罐蜡笔。又是一连串雨滴落下。顺着男人指的方向，斯嘉丽拎起倚在另一块墓碑旁的公文包，跟着躲进了教堂狭窄的门廊下。雨水飘不到这下面来。

"真是太感谢你了。"男人说，"我觉得这雨应该不会下太久。天气预报说今天下午基本上是晴天。"

像是对这话的回应，一阵冷风吹来，雨点落得更急了。

"我知道你在想什么。"这个拓印墓碑的男人对斯嘉丽说。

"是吗？"斯嘉丽心想：妈妈会杀了我的。

"你在想，这到底是个礼拜堂还是殡葬堂？以我的调查看，这地方当年的确有过一个小礼拜堂，这片坟场最早就是它附属的教堂墓地。很早了，大概是公元 8 世纪的事情。也可能是 9 世纪。后来这里经过了好几次重建和扩张。可惜 19 世纪 20 年代的时候发生了一次火灾，而且那个时候，这座教堂的规模已经太小，不够整个地区使用了，周围的人都到村中心广场上的圣邓斯坦教堂做礼拜。所以后来他们重建这里的时候，就把它改成了殡葬堂，还是保留了很多原来的风格，据说后头那面墙上的彩绘玻璃窗就是最早的……"

"其实，"斯嘉丽说，"我想的是，我妈妈会杀了我的。我搭错了公交车，现在早就过了我应该到家的时间了。"

"噢，天哪，可怜的小家伙。"男人说，"这样，我就住在这条路下去一点点。你在这里等着——"他把公文包、蜡笔罐和卷好的墓碑拓本一股脑儿塞进斯嘉丽手里，然后一头扎进雨里，缩着肩膀往坟场大门跑去。几分钟后，斯嘉丽就看到了汽车的灯光，还听到一声喇叭响。她跑到大门口，看到一辆上了年头的绿色宝马 MINI。

先前那个男人坐在驾驶座上。他摇下车窗玻璃："上来。你住哪儿？我送你回去。"

斯嘉丽站着没动，雨水钻进她的脖子，顺着往下流。"我不能上陌生人的车。"

"也对，很正确的态度。"男人说，"但好心应该有好报，呃，就算是谢谢你刚才帮忙吧。来，把东西放到后座上，不然都要淋湿了。"他俯身过来推开副驾驶座的门，斯嘉丽上半身探进车里，尽可能稳当地把墓碑拓印装备安置在后座上。"这样吧，"男人说，"给你母亲打个电话？你可以用我的电话，把我的车牌号报给她。到车里打，外面雨大，你都快湿透了。"

斯嘉丽犹豫了。她的头发已经被淋得贴住头皮，很冷。

男人伸长了胳膊，把手机递给她。斯嘉丽看着手机，突然意识到，比起上车，她更害怕给妈妈打电话。于是，她说："我也可以直接打给警察，对不对？"

"当然可以。或者你也可以选择走路回家，再不然，你还可以给你母亲打个电话，叫她开车来接你。"

斯嘉丽坐进副驾驶座，关上车门，手里一直握着男人的手机。

"你住在哪里？"男人问。

"其实你真的不用这样。我是说，只要把我送到公交车站就……"

"我会把你送到家的。地址？"

"金合欢大道102A。不在主路上，在那个大的体育中心过去一点……"

"你这迷路可迷得够远的，嗯？好了，我现在送你回家。"他松开手刹，调转车头朝山下开去。

"在这里住很久了？"男人问。

"也不是，我们圣诞节后才搬来的。不过我五岁的时候在这里住过。"

"你是不是稍微有点口音？"

"我们在苏格兰待了十年。在那里，我的口音和大家都一样。可在这里，我就像缠了纱布的大拇指一样扎眼。"她本想开个玩笑，可这都是真话。一点也不好笑，全是苦涩，连她自己都听得出来。

男人直接开到金合欢大道，停在公寓门前，还坚持要下车把她送到家门口。门一开，他就说："实在是非常抱歉，我擅自将您的女儿送上门来了。显然，您把她教得非常好，她本来是不肯搭陌生人的车的。只不过，唔，下雨了，她又坐错了公交车，不小心跑到城那头去了。整件事情是有点混乱。总之，还盼您能够谅解。原谅她，也……呃……原谅我。"

斯嘉丽原以为母亲会对他俩大发雷霆，不料她只是说了几句"噢，这年头，小心一些总是没错"之类的客套话，还问这位"呃"先生是不是老师，要不要进来喝杯茶。斯嘉丽很惊讶，却也松了一口气。

"呃"先生说他叫弗罗斯特，也可以叫他杰。帕金斯夫人微笑着让他叫自己诺娜。她一边说着话，一边把水壶放到炉子上开始烧水。

喝茶的时候，斯嘉丽把她搭错公交的事情原原本本地跟母亲交代了一遍，说到她是怎么发现自己到了坟场，怎么在小教堂那儿遇到了弗罗斯特先生……

帕金斯夫人手里的茶杯掉了下来。

他们就坐在厨房的餐桌边喝茶，所以茶杯没摔碎，只是打翻了。帕金斯夫人尴尬地道了声歉，起身到水槽边拿了抹布来擦拭茶水。

然后她才问："是山上那个坟场，老城区里面的？是那个吗？"

"我就住在那边。"弗罗斯特先生说，"已经完成了很多墓碑的拓印。您知道吧？那里还是个自然保护区。"

"我知道。"帕金斯夫人抿紧了嘴唇，"非常感谢您送斯嘉丽回来，弗罗斯特先生。"字字冰冷，如同冰块一般。她顿了一下，才接着说："我想您该走了。"

"我说，这是不是有点过头了？"弗罗斯特先生和气地说，"我无意伤害您的感情。是我说错了什么吗？拓印墓碑那个，是一项本地历史研究项目，并不是说我在——您知道——盗墓什么的。"

斯嘉丽心头一惊，觉得母亲就差动手打弗罗斯特先生了，而他还只是面露难色。帕金斯夫人摇了摇头，说："抱歉，是我们家过去的一些事情。不是您的问题。"她像是要补救一下，刻意提起精神，说："您知道吗，斯嘉丽小时候其实经常去那个坟场玩。那是，噢，十年前的事情了。她还幻想了一个朋友呢。一个小男孩，叫不是谁。"

弗罗斯特先生的嘴角抽动了一下，笑意一闪而过。"一个小淘气鬼？"

"不，我想不是。他就住在那里，斯嘉丽甚至能指出他住的是哪座坟墓。所以，说不定真的是个鬼。你还记得吗，亲爱的？"

斯嘉丽摇摇头："我以前一定是个怪小孩。"

"我觉得你一定不是——呃，"弗罗斯特先生说，"诺娜，您培养了一个好姑娘。好了，茶很棒，结交新朋友总是让人心情愉快。我也该走啦，回去做点东西吃，然后还要去地方历史学会开个会。"

"您自己做晚餐？"帕金斯夫人说。

"是的，自己做。唔，其实就是解个冻，我可是预制熟食大师。一个人吃饭，一个人住，听起来像个怪脾气的老光棍。报纸上好像用这个词描述同性恋，是不是？我不是同性恋，只是一直没遇到那个合适的女人。"这一刻，他看上去真的有些伤心。

帕金斯夫人是最恨做饭的，这会儿却声称她周末总是喜欢做大餐。等她把弗罗斯特先生送到门口时，斯嘉丽已经听到弗罗斯特先生说他很高兴接受邀请，周六过来吃晚餐。

送客回来后，帕金斯夫人只对斯嘉丽说了一句话："我希望你的家庭作业已经做完了。"

斯嘉丽躺在床上，听来往的汽车碾过主街，回想着下午发生的事。她去过那个坟场，在她还很小的时候。所以一切才会显得那么熟悉。

她在脑海中想象，回忆，不知不觉睡着了。可就算到了梦中，她依然走在坟场的小路上。夜已经深了，可看东西还是像白天一样清楚。她走到山坡上，那里有个和她一般大的男孩，背对着她在看城市的灯火。

斯嘉丽说："男孩？你在做什么？"

他回过头来，一脸茫然。"谁在说话？"然后，"哦，我看到你了，算是看到了吧。你是入梦了吗？"

"我想我是在做梦。"

"和我说的不太一样。"男孩说，"你好，我叫阿不。"

"我叫斯嘉丽。"

他重新认真地打量她，就像第一次见面一样。"当然了，是你！我就觉得眼熟。你今天来过坟场，和那个男人在一起，拿纸的那个。"

"弗罗斯特先生。他真是个好人，还开车送我回家。"她顿了一下，又说，"你看到我们了？"

"是的。坟场里发生的事情我基本上都知道。"

"阿不这名字怎么来的？"

"'不是谁'的简称。"

"是了，当然！"斯嘉丽说，"我做梦就是因为这个。你是我想象中的朋友，那时我还小。现在我们都长大了。"

他点了点头。

阿不已经比斯嘉丽高了，一身灰色装扮，斯嘉丽说不上来那是什么款式的衣服。他的头发很长，感觉很久没剪过了。

他说："你真的很勇敢。我们一起下到山腹里面很深的地方，看到了一个靛蓝人。我们还遇到了杀戮者。"

斯嘉丽的脑子里出现了一些东西。狂奔，摔了一跤，漩涡般旋转的黑暗，许多画面的碎片蜂拥而来……

"我想起来了。"她说。可眼前是空空的卧室，没有光亮，没有人回答，只有远处一辆大货车驶过黑夜传来的低沉的隆隆声。


阿不有很多存粮，适合长期储存的那种，一部分放在教堂地窖里，更多的藏在温度较低的坟冢、地穴和陵墓里。塞拉斯很在意这一点，总是为阿不准备足够维持两三个月的食物。这样，就算塞拉斯和卢佩斯库小姐都不在，阿不也不必着急离开坟场。

阿不想念坟场大门外的那个世界，可他知道，外面不安全。现在还不够安全。而坟场是他的世界，他的地盘，他以一个十四岁孩子的方式全心全意地爱着这个地方，以它为傲。

可终究还是……

坟场里的人永远不会变。和童年阿不一起玩耍的孩子，如今依然是小孩。福丁布拉斯·巴特比曾经是他最好的朋友，现在却比阿不小了四五岁，每次见面，能聊的东西越来越少了。萨克雷·波林格倒是和他差不多年纪，个头也差不多，和阿不在一起时脾气也好了很多。他们会在晚上一起散步，萨克雷会讲他那些朋友遭遇的各种不幸，故事的结尾通常都是朋友被绞死，但他们其实并没有犯罪，都是被冤枉的。偶尔也有朋友被打包送去了美洲殖民地，只要不回来，就能逃脱绞死的命运。

丽萨·汉普斯托克和阿不已经是六年的老朋友了，却又是另一种情况。阿不下山去荨麻地里看望她时，她很少在那里等他，就算偶尔在，也总是发脾气，动不动就吵架，蛮横无理。

阿不跟欧文斯先生聊起过这事儿，他的父亲过了好几分钟才说："我估计吧，女人就是这样。她喜欢小时候的你，可你现在长大了，长成了年轻人，她大概是吃不准你究竟是谁了。我小时候每天都和一个小姑娘在鸭塘边玩，可等她长到像你这样的年纪时，有一天突然用苹果砸了我的脑袋，然后就再也不跟我说话了，一直到我十七岁。"

欧文斯夫人嗤之以鼻。"我扔的是个梨。"她一针见血，"再说了，我明明很快又跟你说话了，在你堂兄内德的婚礼上还一起跳舞了，那时候你的十六岁生日才过了两天。"

欧文斯先生说："当然，你说得都对，亲爱的。"他冲着阿不眨了眨眼，意思是，别当真。然后用口型比了一个"十七岁"，表示这才是真的。

阿不已经接受了自己没有活人朋友的现状。在那段短暂的校园生涯中，他已经意识到，跟活人打交道只会带来麻烦。只是他依然会想起斯嘉丽。在她走后那几年，他一直都很想念她，过了好久才接受了再也见不到她的事实。可如今她回来了，还来了他的坟场，他却没有认出来……

他信步闲逛，走进了坟场西北部的深处，这里藤蔓纠缠，草木丛生，危险重重。有告示牌提醒来访者不要进入这一区域，可其实，有没有告示牌都无所谓。光是埃及步道尽头密密麻麻的藤蔓和仿埃及式墙壁上通往最后安息之所的黑门，就足以让来访者汗毛倒立，止步不前。大自然占据坟场这西北一隅已经近百年。这里墓碑倾颓，坟墓或是久被遗忘，或是干脆消失在荒草乱藤和五十年来层层叠叠累积的落叶之下，道路变成迷宫，根本无法通行。

阿不走得小心翼翼。他熟悉这片区域，知道它有多危险。

他九岁时就探索过这座迷宫，最后一脚踩空，滚进了一个将近六米深的洞里。那也是一座坟墓，挖得很深，没有墓碑，原本是为了多放下几口棺材，如今却只有一副棺材躺在洞底，里面住着一位名叫卡尔斯泰尔的药剂师。他好像很容易兴奋，阿不的到来令他激动万分，坚持要先检查阿不的手腕（滚下来时想抓住树根，扭到了），然后才肯出去找人来帮忙。

阿不在这片区域里艰难跋涉，脚下是腐烂的落叶，头顶是虬结的藤蔓，狐狸在这里安家，跌落尘埃的天使注视着上空，却不知在看些什么。他来这里，是着急想和诗人聊聊天。

诗人名叫尼希迈亚·特洛特，他的墓碑掩藏在草木丛中，上面刻着：

**此地长眠着不朽的**

**尼希迈亚·特洛特**

**诗人**

**1741—1774**

**天鹅挽歌，诗人绝唱**

阿不说："特洛特阁下？方便打扰您给我一些建议吗？"

尼希迈亚·特洛特苍白的脸上焕发出光彩。"当然，勇敢的孩子。诗人的建议是献给国王的箴言！我要如何为你涂抹油膏？哦，不对。我该如何为你涂抹香膏，抚平伤痛？"

"我没什么伤痛。只是——好吧，有个女孩，以前认识的，可我不知道该不该去找她聊天，还是说，应该忘掉这回事？"

尼希迈亚·特洛特挺直了身体（还是比阿不矮一些），兴奋地将双手举到胸前，说："噢！一定要去，去找她，恳求她。你一定要称她为你的忒耳普西科，你的艾柯，你的克吕泰涅斯特拉[1]。你要为她作诗，作炽烈的颂歌——我会帮你的——只有这样，你才能赢得真爱的心。"

"我倒是不需要赢得她的心。她也不是我的真爱，"阿不说，"只是一个我想和她说说话的人而已。"

"所有器官之中，"尼希迈亚·特洛特说，"最了不起的是舌头。我们用它品尝甘甜的美酒，也用它感受苦楚的毒液，用它送出甜言蜜语，也用它说出伤人的恶语。去找她吧！去找她说话。"

"我不该那样。"

"你应该，先生！你必须去！待到战争终局，胜败已定，我会为你作诗纪念。"

"可如果我在一个人面前显露行迹，就会让其他人更容易发现我……"

尼希迈亚·特洛特说："啊，请听我一言，年少的利安德，青春的希罗[2]，热血方刚的亚历山大。如果你事事畏缩，当最后的日子来临，自也必然两手空空，一无所获。"

---

1　忒耳普西科（Terpsichore），希腊神话中的九位缪斯女神之一，司掌诗歌和舞蹈。艾柯（Echo），希腊传说中的宁芙仙子。克吕泰涅斯特拉（Clytemnestra），特洛伊战争中希腊统帅阿伽门农的妻子。

2　利安德与希罗是希腊神话中一对相爱的恋人。

"有道理。"阿不很庆幸自己来向诗人寻求建议。可不是嘛，他想，如果连诗人都不能提供合理的建议，你还能信得过谁呢？这倒是提醒他了……

"特洛特先生？"阿不说，"跟我说说复仇吧。"

"此餐最宜冷食。"尼希迈亚·特洛特说，"不要在热血沸腾时复仇。相反，要等待时机成熟。那时候，在格拉布街上有个叫奥雷阿利的结巴——是个爱尔兰人，这个得说清楚。此人厚颜无耻，胆大妄为，竟对我的第一部诗作小集《美的花束——致高人雅士》大放厥词，胡乱说什么它们毫无价值，都是些粗劣的打油诗，还说白纸与其用来印这些东西，还不如拿去——哦，不，我说不出口。总之，我们必须承认，那篇评论的确恶劣至极。"

"那你向他复仇了吗？"阿不好奇地问。

"他，还有他那群祸害文坛的寄生虫，全体！噢，是的，我完成了我的复仇，欧文斯阁下，最可怕的那种复仇。我写了一封信，打印出来，钉在伦敦所有小酒馆的门上，像他这种不入流的文人最爱去那些地方。我说，既然珍贵的诗情如此轻易就被践踏，那么，从今往后，我拒绝再为他们写作，我将只为自己和后世而创作，只要我活着，就绝不再发表任何一首诗作——不为他们发表！我留下嘱托，在我死后，所有诗作都将随我入土，不发表，直到后世认识到我的天才，发现他们竟失落了那么多的杰作！只有到那个时候，我的棺木才能被发掘；只有到那个时候，我的诗作才能从我死后冰冷的手中被取走，付梓成书，受举世赞颂，令万众喜悦。啊，走在时代之先是多么可怕的事情。"

"那你死后，他们把你发掘出来，把那些诗都印出来了吗？"

"还没有，没有。不过时间还很多。后世子孙是无穷的。"

"所以……这就是你的复仇？"

"一点不错。非常有力的、绝妙的复仇！"

"是的——吧。"阿不不太确定。

"最！宜！冷！食！"尼希迈亚·特洛特骄傲地说。

阿不离开坟场西北角，穿过埃及步道，回到更加规整干净、没有藤蔓纠缠的小路上。暮色降临时，他漫步走向老教堂——倒不是指望塞拉斯回来了，而是因为他每天这个时候都会去教堂，这是他的黄昏日常，有规律的生活让人感觉很好。而且，他饿了。

阿不穿门而入，下到地窖里。他挪开一个装满旧报纸的纸板箱，报纸全都受了潮，卷起边角。他从下面拿出一盒橙汁、一个苹果、一盒面包棍，外加一大块奶酪，边吃边想，要不要出去找斯嘉丽，怎么去——也许可以用入梦术，既然她都能这样找到他……

他起身出门，打算去那条灰白的木头长椅上坐坐，却在快到跟前时停下了脚步。那里已经有人了，就坐在他的长椅上。是个女孩，正在读一本杂志。

阿不立刻隐身，变成了坟场的一部分，不比一片影子、一根树枝更显眼。

可女孩抬起头，直接看向他，说："阿不？是你吗？"

他没有出声，过了会儿才说："你是怎么看到我的？"

"也不算看到了。一开始我以为是什么影子，可你看起来很像是我梦里的样子，然后就越来越清楚了。"

他走过去，来到长椅边。"你是真的在看书吗？不会觉得太暗了？"

斯嘉丽合上杂志，说："很奇怪，你都觉得这对我来说太暗了，可我还是能看得很清楚，完全没问题。"

"你是不是……"他卡住了，不知道该问她什么，"你一个人来的？"

她点点头。"我放学后来帮弗罗斯特先生做一些墓碑拓印。已经做完了，我跟他说，我想自己在这里坐一会儿，想些事情。我答应之后去找他喝杯茶，然后他开车送我回家。他甚至都没问我为什么待在这里，只说他自己也很喜欢在坟场里坐坐，他觉得坟场是世界上最清静的地方了。"她停了下来，然后说："我能拥抱你吗？"

"你想抱我？"阿不说。

"是的。"

"那就抱吧。"他想了想，说，"是你的话，我不介意。"

"我的手不会从你身体里穿过去吧？你真的在这儿吗？"

"不会的。"他告诉她。斯嘉丽张开双臂抱住他，抱得那样紧，阿不几乎不能呼吸了，只得说："痛。"

斯嘉丽松开手："抱歉。"

"不。挺好的。我是说，只是没想到你抱得这么用力。"

"我只是想确认你到底是不是真的存在。这些年来，我一直觉得你是我凭空幻想出来的。后来，我就有点把你给忘了。但你不是幻想出来的，你回来了，出现在我的脑海中，而且还真的在这个世界上。"

阿不笑了。"你那时候总穿一件橙色的外套，很特别，后来我每次看到那种橙色都会想起你。我猜那件衣服已经不在了吧。"

"不在了。很长时间了。而且，我现在也穿不下了。"

"是啊。当然。"

"我该回家了。"斯嘉丽说,"不过,我周末大概可以过来。"看了看阿不脸上的神情,她又说,"今天已经星期三了。"

"我很期待。"

她转身要走,又停下来说:"下次来,我怎么找你?"

"我会来找你的,别担心。只要是你一个人来就行,我会找到你的。"

她点点头,走了。

阿不回身往坟场深处的小山上走去,一直走到弗罗比舍家的陵墓前。他没有进去,而是绕到这石头建筑的侧面,踩着一段常春藤的根,手上用力一拉,翻身上了墓顶。他坐下来,望着坟场外那个一切都在运动着的世界,陷入了思索。他记住了斯嘉丽拥抱他的样子,记住了那一刻体会到的安全感,哪怕只是短暂的一瞬间。要是能在坟场外的土地上这样安心地行走,要是能拥有属于自己的小小世界,那该有多好。


斯嘉丽道了声谢,说她不想喝茶,也不想吃巧克力饼干。弗罗斯特先生有些担心。

"说真的,你看起来就像撞了鬼一样。也对,坟场嘛,还真是个适合见鬼的地方,如果你想的话。呃,我有个姑妈,有一次一口咬定她的鹦鹉被鬼缠上了。它是只鲜红色的金刚鹦鹉,雌的。我是说那只鸟。我姑妈是建筑师。后来怎么样就不知道了。"

"我没事。"斯嘉丽说,"只是一天下来有点累了。"

"那我一会儿就送你回家。看得出这上面写的什么吗?我已经对着它半个小时了,一点头绪也没有。"他指了指桌上的一张墓碑拓片。拓片平摊着，四个角都用果酱瓶压着。"你觉得上面的名字是格莱斯顿吗？说不定跟那位首相[1]有关系。其他的我就认不出来了。"

"恐怕不是，"斯嘉丽说，"等星期六来的时候我再看看吧。"

"你母亲会来吗？"

"她说她早上会开车送我过来，然后得去采购，准备晚餐。她打算做烤鸡。"

"你说，"弗罗斯特先生满怀期待地说，"会有烤土豆吗？"

"我想是的，会有。"

弗罗斯特先生看起来高兴极了，不过还是说："我不想打乱她的安排，真的。"

"她很喜欢烤土豆。"斯嘉丽真诚地说，"要麻烦您送我回家了，谢谢。"

"荣幸之至。"弗罗斯特先生的房子又瘦又高，他们一起下楼，走到底楼的小门厅里。


波兰，克拉科夫的瓦维尔山上有一个洞穴群，被称为"龙之巢穴"，得名于一条很久以前在这里死去的龙。旅行者都知道这个地方。可在这些洞穴之下，还有一些旅行者不知道，也绝不会进去游玩的洞穴。它们在下面很深的地方，而且，里面还有人居住。

塞拉斯打头。第二个是化身灰色巨兽的卢佩斯库小姐，四爪着地，悄无声息地紧跟在他身后。再后面是坎达尔，一个浑身上下裹满绷带的古亚述木乃伊，鹰一般的翅膀强劲有力，眼

---

1 威廉·尤尔特·格莱斯顿，曾在 1868 年至 1894 年间四度出任英国首相。

睛宛如红宝石一般，随身还带着一头小猪。

他们本来有四个人，但在上面的一个洞穴里失去了哈鲁恩——一个伊夫利特精灵。这个种族天生自负，身为其中一员，他也不例外。当时，他闯进一个三面都立着铜镜的空间，一道耀眼的铜光闪过，将他吞没，哈鲁恩转眼从现实世界到了镜子里。他在镜中瞪大了愤怒的双眼，嘴唇一开一合，好像是在大喊，让他们小心，赶快离开。再后来，影子也消失了。他们永远失去了他。

塞拉斯不受这些镜子影响，脱下外套盖住其中一面，解除了这个机关。

"那么，"塞拉斯说，"现在只剩我们三个了。"

"还有一头猪。"坎达尔说。

"为什么？"卢佩斯库小姐用狼的声音问，一字一句都从狼牙之间吐出来，"为什么要带一头猪？"

"这是幸运符。"

卢佩斯库小姐不以为然地低嗥一声。

"你看哈鲁恩带猪了吗？"坎达尔反问。

"嘘。"塞拉斯说，"他们来了。从声音判断，来者众多。"

"尽管来吧。"坎达尔压低了声音说。

卢佩斯库小姐颈背上的刚毛都立了起来。她一言未发，却已经做好了迎战的准备，只是要费些力气才能忍住仰头长啸的冲动。


"这条路真美。"斯嘉丽说。

"是啊。"阿不说。

"这么说来，你家里人都被杀了？有人知道是谁干的吗？"

"没有。至少我不知道。我的监护人只说凶手还活着，至于其他的，他说要等时候到了才能把他知道的都告诉我。"

"时候到了？"

"等我准备好了以后。"

"他在害怕什么？怕你挎上枪，跑出去找那个人报仇？"

阿不认真地看着她。"嗯，显然。除了我没有枪。不过，差不多就是这样。"

"你在开玩笑吧。"

阿不抿紧双唇，摇了摇头，然后才说："我没有开玩笑。"

这是个阳光灿烂的星期六上午。他们刚刚走过了埃及步道的入口，来到松树和那棵张牙舞爪的智利南洋杉下，避开直射的阳光。

"你的监护人，也是死人吗？"

阿不说："我不说他的事。"

斯嘉丽看上去很受伤。"跟我也不说？"

"跟你也不说。"

"哦，这样。"

阿不赶紧说："不是的，抱歉，我不是说——"斯嘉丽同时开口："我答应过弗罗斯特先生不会待太久。我该回去了。"

"好的。"阿不担心自己惹斯嘉丽生气了，却不知道该说点什么来挽回。

他看着斯嘉丽消失在通往教堂的曲折小路上。一个熟悉的女声嘲笑道："看看她！真是个傲慢的大小姐！"却不见人影。

阿不心里很别扭，转身朝埃及步道走去。莉莉贝特小姐和维奥莱特小姐同意他把满满一纸箱的老书放在她们的坟墓里，他现在想去找一本来读。

斯嘉丽帮着弗罗斯特先生处理墓碑拓片，一直忙到中午才停下来。弗罗斯特先生提议请她吃炸鱼薯条，以示感谢。于是，他们一起去了山下那家炸鱼薯条店，然后捧着热气腾腾的纸袋，一边爬山，一边享用。鱼块和薯条都浸了醋，上面闪着细细的盐光。

斯嘉丽说："如果您想了解一桩谋杀案的情况，会去哪里找资料？网上我都已经搜过了。"

"呃，看情况。你说的是哪种谋杀案？"

"就是本地发生的事情。大概十三四年前，这儿有户人家被杀了。"

"啊呀，"弗罗斯特先生说，"真的吗？"

"噢，是的。您还好吧？"

"不太好。我这人胆子小，这种事情……我是说，这种发生在身边的凶杀案，总是叫人瘆得慌。这种事情，可不是你这个年纪的女孩子该感兴趣的。"

"其实也不是我自己。"斯嘉丽承认道，"是一个朋友。"

弗罗斯特先生吃下了他最后一块炸鳕鱼排。"我想想，图书馆吧。如果网上查不到，那当时的报纸上总该有消息的。你为什么要查这个？"

"啊。"斯嘉丽尽量不说谎，"是我认识的一个男孩，他在问。"

"那就是图书馆了。"弗罗斯特先生说，"谋杀，哎呀，汗毛都立起来了。"

"我也是，有一点。"斯嘉丽顿了顿，又满怀期待地问，"您今天下午能不能……也许……开车送我去趟图书馆？"

弗罗斯特先生抽出一根长长的薯条，一口咬掉一大半，嚼了嚼，失望地看着剩下的半根。"凉得太快了，这些薯条。上一秒还烫嘴，下一秒就叫人琢磨，怎么能凉得这么快。"

"抱歉，"斯嘉丽说，"我不该要求您送我去别的地方——"

"不不，"弗罗斯特先生说，"我只是在想下午怎么安排比较好，还有，你母亲会不会喜欢巧克力。是葡萄酒好，还是巧克力？我吃不太准。要不两样一起？"

"我可以自己从图书馆回家。"斯嘉丽说，"还有，她喜欢巧克力。我也是。"

"那就巧克力。"弗罗斯特先生看起来松了口气。瘦瘦高高的房子一字排开，随着山坡爬升，他们来到中间的一栋，那辆绿色的小轿车就停在门外。"上车，送你去图书馆。"


图书馆是一座四四方方的建筑，纯砖石结构，历史可以追溯到上个世纪初。斯嘉丽左右看了看，迈步走向服务台。

里面的女人说："你好？"

斯嘉丽说："我想找旧报纸的剪报。"

"是有功课要做？"女人问。

"有关本地历史的东西。"斯嘉丽点了点头，为自己没有撒谎感到骄傲。

"我们把本地报纸都录入到微缩胶片上了。"服务台里的女人块头挺大，耳朵上挂着银色的圆形耳环。斯嘉丽觉得心在怦怦乱跳，她觉得自己看起来一定很心虚、很可疑。可那女人直接把她领进了一个房间，里面摆着许多类似电脑显示器一样的方盒子。女人给她演示了这些盒子的使用方法，怎样每次在显示屏上投放一个版面的内容。"总有一天会全部实现数字化的。"女人说，"好了，你要找什么时候的？"

"大概十三或十四年前，"斯嘉丽说，"具体时间我也说不准，但看到我就会知道。"

女人抽出一个小盒子递给斯嘉丽，里面的微缩胶片上浓缩了五年的报纸内容。"慢慢看。"

斯嘉丽本来以为，像这样满门被害的谋杀案一定会是头版头条，结果在第五版才找到，差点就漏过去了。事情发生在十三年前的十月。报道干巴巴的，没有任何细节，只是一份轻描淡写的事件简报：

**建筑师罗纳德·多利安，36 岁；妻子卡洛塔，34 岁；女儿米斯蒂，7 岁，被发现于邓斯坦路 33 号身亡。事件或为凶杀。警方发言人称，就现阶段调查情况而言，发表声明为时尚早，但案情侦破已有重大线索。**

既没说这家人是怎么死的，也完全没提到还有一个失踪的婴儿。接下来几周的报纸上都没有后续报道，警方也从来没有就此发表过任何声明。至少斯嘉丽没找到。

不过，就是它了。斯嘉丽很确定：邓斯坦路 33 号。她知道那栋房子。今天早些时候，她还坐在那栋房子里。

她到服务台还掉微缩胶片盒，谢过图书馆员，在四月的阳光下走路回家。到家时，母亲正在厨房里做饭，从满屋子的焦味判断，应该是不太成功。斯嘉丽躲进卧室，先把窗户打开散散味道，然后回到床边坐下，拨出一个电话。

"喂？是弗罗斯特先生吗？"

"斯嘉丽？不是今晚有什么问题吧？你母亲怎么样？"

"哦，都在掌握之中。"斯嘉丽说，母亲就是这么回答她的，"呃，弗罗斯特先生，您住进现在那栋房子有多长时间了？"

"多长时间？差不多，嗯，到现在四个月吧。"

"您是怎么找到这房子的？"

"在房产中介的橱窗里看到的。房子空着，我刚好租得起。唔，差不多是这样吧。其实我也想找个可以走路到坟场的房子，这一套刚好合适。"

"弗罗斯特先生，"斯嘉丽不知该怎么开口，干脆就直接说了，"大概十三年前，您住的那栋房子里有三个人被杀害了。那家人姓多利安。"

电话那头一阵沉默。

"弗罗斯特先生？您还在吗？"

"呃，还在。抱歉，斯嘉丽，没想到会听到这样的事。这是栋老房子，我是说，你会料想到这里曾经发生过很多事。可谁能想到……好吧，到底是怎么回事？"

斯嘉丽吃不准该说多少。"老报纸上有一则新闻，很短一篇，只说了地址，别的都没说。我不知道他们究竟是怎么死的，别的也都不知道。"

"噢，好吧。"弗罗斯特先生听上去好像对这则新闻很感兴趣，这有点出乎斯嘉丽的预料，"小斯嘉丽，这种事情就是我们地方历史学会擅长的了。交给我吧，我会尽力查出所有情况，到时候再告诉你。"

"谢谢您。"斯嘉丽悬着的心终于放了下来。

"呃，我猜你打这个电话，是怕诺娜知道我家里曾经发生过凶杀案，对吧？哪怕是十三年前的，她也不会再允许你来看我，或者去坟场。所以，呃，如果你不说的话，我也不会提起这件事。"

"谢谢您，弗罗斯特先生！"

"七点见。我会带巧克力来。"

晚餐非常愉快。厨房里的煳味都散掉了。烤鸡很好，沙拉更棒，烤土豆太干了些，但弗罗斯特先生兴高采烈地说，这正是他最喜欢的口味，为此甚至还多添了一份。

弗罗斯特先生带来的花很漂亮，巧克力被当作了饭后甜点，非常完美。饭后，弗罗斯特先生多坐了一会儿，和母女俩一起看电视、聊天，直到十点钟才起身准备回家。

"时间、潮汐、历史研究，都不等人啊。"他热情地和诺娜握手道别，偷空朝斯嘉丽心照不宣地眨一眨眼，然后走出门去。

斯嘉丽希望这天能在梦里见到阿不，所以睡觉前特意一直想着他，想象自己走在坟场里找他。可真的做起梦来，她却跑到了格拉斯哥市中心，和原来学校的朋友们在一起。他们在找一条街，可无论走过多少大街小巷，每一条都是死巷。


在克拉科夫那座小山的深处，被称为"龙之巢穴"的洞穴群中最深的墓穴里，卢佩斯库小姐一个踉跄，倒在了地上。

塞拉斯蹲下身，双手捧起卢佩斯库小姐的头。她的脸上血迹斑斑，有一些是她自己的。

"别管我，快走，去救那个孩子。"她此刻介于灰狼和女人的形态之间，脸是女人的脸。

"不。"塞拉斯说，"我不会丢下你的。"

在他身后，坎达尔抱着他的小猪，就像孩子抱着洋娃娃一样。这位木乃伊的左翅已经碎裂，再也飞不起来了，但那长满胡须的脸上却无比坚定。

"他们还会再来的，塞拉斯。"卢佩斯库小姐轻声说，"很快，太阳就要出来了。"

"那么，"塞拉斯说，"我们就必须在他们准备好之前抢先动手。你还能站起来吗？"

"能。我可是上帝的猎犬，我能站起来。"卢佩斯库小姐低下头，把脸埋进阴影里，活动了一下爪子。再抬起来时，已经是狼头了。她把前爪搭在岩石上，用力撑起身体，站了起来——一头灰色的巨狼，比熊还大，皮毛和口鼻上布满了斑斑血迹。

她猛地仰起头，发出一声奋勇迎战的怒号，向后缩起嘴唇，龇出牙齿，然后重新低下头。"来吧，"卢佩斯库小姐低吼道，"让我们决一死战。"


星期日下午，临近黄昏时，电话响了。斯嘉丽就坐在楼下，吃力地在废纸上临摹几个漫画人物的脸，都是她最近在书里看到的。母亲接起了电话。

"多巧啊，我们正说起你。"母亲说，可她们刚才根本就没说话。"好极了。"母亲继续说，"我很开心，真的，一点儿也不麻烦。巧克力？巧克力非常好，无可挑剔！我跟斯嘉丽说了，让她告诉您，只您想吃顿大餐了，随时告诉我。"然后，"斯嘉丽？是的，她在。我叫她过来。斯嘉丽！"

"我就在这里，妈妈，不用这么大声。"斯嘉丽说着，接过电话，"弗罗斯特先生？"

"斯嘉丽？"他听起来很兴奋，"那个，呃，之前说的那件事，我房子里发生的那件事。你可以告诉你的朋友，我发现了——呃，我知道，有时候说你有个朋友时，其实可能是在说你自己，当然也可能真的有这么个人，如果不冒犯的话——"

"我真有个朋友想知道。"斯嘉丽被逗乐了。

母亲疑惑地看了她一眼。

"告诉你的朋友,我挖了挖——不是真的挖,就是查了些资料,唔,不少资料——我想,我可能发现了一些非常可靠的信息,翻出了一些隐藏的线索。不过,我觉得这东西不方便大肆宣扬……总之,我有了新的发现。"

"比如说?"斯嘉丽问。

"你可千万别觉得我疯了,可是……好吧,我发现,死了三个人,但还有一个没死,应该是个婴儿。那不是三口之家,是四口之家,其中三个死了。告诉他,告诉你朋友,来找我。我会把事情都告诉他。"

"我会转告他的。"斯嘉丽放下电话,心跳得像擂鼓一样,快要从嗓子眼儿冒出来。


六年来,阿不还是头一回踏上这些狭窄的石阶,下到山腹里去。脚步声一直传到山腹深处的石室里,回荡着。

他走下最后一级台阶,等待杀戮者现身。他等啊,等啊,可什么也没有,没有窃窃私语,也没有东西游动。

他环顾石室,浓重的黑暗完全不成障碍,他看得和死人一样清楚。阿不穿过房间,走到放着杯子、胸针和石刀的祭台前。

他伸出手,摸了摸石刀的锋刃。它比他以为的锋利得多,划破了他的手指。

**"这是杀戮者的珍宝。"**一个三声道的声音缓缓响起,但比他记忆里的要轻一些,迟缓一些。

阿不说:"你们是这里最古老的存在。我来向你们请教,希望得到建议。"

片刻的安静。**"没有人来向杀戮者寻求建议。杀戮者守护。杀戮者等待。"**

"我知道。可塞拉斯不在，我不知道该和谁去说。"

没有东西说话，回应他的只有沉默。寂静蔓延，尘埃飘舞。

"我不知道该怎么办。"阿不实话实说，"我也许能找出杀害我家人的凶手了，找出是谁想杀我。但这意味着我必须走出坟场。"

杀戮者没有说话。触须似的缕缕烟气在石室里缓缓盘旋。

"我不怕死。"阿不说，"只是还有那么多我在意的人，他们为我花费了那么多时间，保护我，教导我。"

还是沉默。

于是，阿不说："这件事，我只能靠自己了。"

**"是的。"**

"那么，就这样吧。抱歉打扰了。"

下一刻，阿不的脑海中响起一阵低语，声音丝滑，充满诱惑：**"杀戮者为守护珍宝而生，直到主人归来。你是我们的主人吗？"**

"不是。"

伴随着一声饱含期待的呜咽，它接着问：**"你愿意成为我们的主人吗？"**

"恐怕不行。"

**"如果你是我们的主人，我们将永远围绕你。如果你是我们的主人，我们将守护你的平安，直到时间尽头，绝不让你经受这世上的任何危险。"**

"我不是你们的主人。"

**"不。"**

阿不感到杀戮者在他的意识中翻腾："**那就去找到你的名字。**"然后，他的意识空了，石室也空了，只剩下阿不一个。

他小心翼翼，快步走上石阶。他已经做出决断，现在，趁这个决定还在脑海里熊熊燃烧，他要迅速付诸行动。

斯嘉丽坐在小教堂前的长椅上等他。"怎么样？"她说。

"我和你去，走吧。"两人并肩下山，朝着坟场大门走去。


33号又瘦又高，格外细长，左右也都是这样的房子，像台阶一样排列着。只是一栋红砖房而已，并没有什么出奇的地方。阿不迟疑地看着它，奇怪自己为什么完全没有熟悉或特别的感觉。房门前有一小片水泥地，没有做成花园，路边停着一辆绿色的宝马MINI小汽车。大门从前应该是鲜艳的蓝色，只是年深日久，早已褪了色。

"还好吗？"斯嘉丽说。

阿不抬手敲门。没有反应。过了会儿，屋里响起一阵下楼梯的凌乱脚步声。门开了，露出里面的门厅和楼梯。门里站着一个戴眼镜的男人，头发花白，已经开始谢顶。他眨了眨眼，朝阿不伸出一只手，脸上露出一个紧张的笑容，"你一定就是帕金斯小姐的神秘朋友了。很高兴见到你。"

"这是阿不。"斯嘉丽说。

"阿杜？"

"Bù，不是Dù。"她说，"阿不，这位是弗罗斯特先生。"

阿不和弗罗斯特握了握手。"炉子上烧着水呢。"弗罗斯特先生说，"我们边喝茶边聊，怎么样？"

他们跟着他走上几级台阶，进了厨房。弗罗斯特先生拿出三个马克杯，斟上茶，然后领着他们到小客厅里坐下。"这房子就是一路往上走，"他说，"卫生间在上面一层，然后是我的办公室，再上面是卧室。多爬楼梯，有助健康。"

他们坐在一张非常紫的大沙发上（"我住进来的时候它就在了"），小口啜着手里的茶。

斯嘉丽本来担心弗罗斯特先生会向阿不提太多问题，但他没有。他只是显得有些兴奋，就好像辨认出一块不为人知的墓碑，发现它的主人其实是个大人物，急于要向全世界公布一样。他坐在椅子上，焦躁地动来动去，仿佛有什么天大的消息必须马上告诉他们，否则就要憋得炸开了似的。

斯嘉丽说："那么，您查到了什么？"

弗罗斯特先生说："哦，是啊。我是说，那些人就是在这栋房子里被杀的。另外，我觉得这桩案子……好吧，说被掩盖并不准确，应该是被遗忘了，被当局……就这么放过去了。"

"我不明白。"斯嘉丽说，"谋杀案是不可能就这么掩盖过去的。"

"这一桩就是。"弗罗斯特一口喝干了杯子里的茶，"涉及一些有权有势的人，这是唯一的解释。至于那个最小的孩子遭遇了什么——"

"遭遇了什么？"阿不问。

"他活了下来。"弗罗斯特说，"这个我能肯定。但当时并没有展开搜寻。通常来说，婴儿失踪会是全国性的大新闻，可他们，呃，一定是用什么手段压下去了。"

"他们是谁？"阿不问。

"就是杀了这一家的人。"

"您还知道什么吗？"

"是的。哦，有一点……"弗罗斯特欲言又止，"你们瞧……从我找到的东西看，这实在是太不可思议了。"

斯嘉丽已经有些泄气了。"是什么？您发现了什么？"

弗罗斯特露出羞愧的表情。"你是对的，我很抱歉。还想保守秘密，这想法不好，历史学者不该掩盖事实，应该挖掘事实，然后告诉大众，是的。"他犹豫了一下，然后说，"我找到一封信，就在楼上，藏在一块松动的地板下面。"他转头看向阿不："年轻人，我没猜错的话，你……唔，你会对这……这样一件可怕的事情感兴趣，是有个人原因的吧？"

阿不点了点头。

"好，别的我就不问了。"弗罗斯特先生说完，站了起来。

"来吧。"他对阿不说。"不，不是你，"这句是对斯嘉丽说的，"你先不要来。我先给他看，要是他觉得没问题，再给你看，可以吗？"

"好的。"

"我们很快就下来。"弗罗斯特先生说，"来吧，小伙子。"

阿不站起来，关切地看了斯嘉丽一眼。"没关系。"她尽力露出安慰的笑容，"我在这里等你们。"

她目送两人出了房间，往楼上走去。她有些紧张，也充满期待。她好奇阿不接下来会知道什么，也高兴他是先知道的那一个。毕竟，这是他的故事，他的权利。

阿不跟着弗罗斯特先生往楼上走，一边东张西望，却始终没有找到熟悉的感觉。一切都是陌生的。

"要一直走到最顶上。"弗罗斯特先生说。他们转上另一段楼梯。"唔，如果你不愿意的话，可以不必回答，不过——呃，你就是那个男孩，对不对？"

阿不没有说话。

"我们到了。"弗罗斯特先生说。他转动插在顶楼房门上的钥匙，推开门，领着阿不走进去。

房间很小，是个斜顶阁楼间。十三年前，这里曾经放着一个摇篮。如今，一个男人和一个男孩就几乎把房间给挤满了。

"真是运气，"弗罗斯特先生说，"就在我眼皮底下。"他蹲下去，掀开已经磨得露出线芯的地毯。

"这么说，你知道我的家人为什么被杀？"阿不问。

弗罗斯特先生说："答案都在这里了。"地上有一块短了一截的木板，他按住一头用力往下压，直到把它整个抽出来。"这里以前应该是个婴儿房。我会给你看……你知道的，我们现在唯一还不清楚的，就是这件事究竟是谁干的。毫无头绪。"

"我们知道他是黑头发。"阿不站在自己曾经的卧室里，说，"还知道他的名字叫杰克。"

弗罗斯特先生把手伸进地板露出的洞里。"十三年了。"他说，"十三年，头发都白了稀了。不过，你说对了，是叫杰克。"

他站起身，从地板洞里抽出的手上握着一把锋利的刀。

"现在，"男人杰克说，"小子，是时候结束这一切了。"

阿不死死地盯着他。"弗罗斯特先生"仿佛是这个男人披在身上的一件外套或戴在头上的一顶帽子，而现在，他把它们丢掉了。和善的外表不见了。

男人的眼镜和刀锋上精光闪动。

就在这时，楼下传来斯嘉丽的声音："弗罗斯特先生！有人在敲门，我要去开门吗？"

男人杰克的视线转开了，就一瞬，阿不知道这是他唯一的机会。他竭尽全力发动隐身术，彻底地隐去了踪迹。当男人杰克的视线转回时，他瞪大了眼睛扫视整个房间，满脸交织着困惑与愤怒。他朝里走了一步，头转来转去，仿佛一只依靠嗅觉捕猎的年迈的老虎。

"你就在这里。"男人杰克低沉地咆哮，"我闻到了你的气味！"

一声脆响，阁楼卧室的门在他身后关上了。他飞快转身，却听到钥匙在锁孔里转动的声音。

男人杰克提高了嗓门，冲着上锁的门板大喊："不过是拖延时间罢了，小子，你挡不住我的。"接着又补上一句："我们的事儿还没完，你和我。"


阿不不顾一切地向楼下飞奔，每过一个转角都撞在墙壁上，几乎是连滚带爬地来到斯嘉丽跟前。

"斯嘉丽！是他！快！"

"是谁？你在说什么？"

"他！弗罗斯特，他就是杰克，他想杀我！"

"嘭！"楼上传来男人杰克大力踹门的声音。

"可是……"斯嘉丽试图弄明白自己听到了什么，"可他人很好啊。"

"不。"阿不一把抓起斯嘉丽的手，拽着她跑到门厅，"不，他不是。"

斯嘉丽拉开大门。

"啊，晚上好啊，年轻的女士。"一个男人站在门口，垂眼看着她，"我们是来找弗罗斯特先生的。我想这是他家吧。"这人一头银白色的头发，身上有古龙水的味道。

"你们是他的朋友吗？"斯嘉丽问。

"噢，是的。"一个小个子男人说。他站在白头发男人身后，留着黑色的小胡子，是这群人里面唯一戴帽子的。

"当然是。"第三个人说，这一个像是北欧人，金发白肤，个子很高，看样子要年轻一些。

"我们都是杰克好伙伴。"最后一个人说。他身材魁梧，脑袋硕大，简直就是一头公牛，棕皮肤的公牛。

"他啊，弗罗斯特先生……他有事出去了。"斯嘉丽说。

"可他的车还在这儿。"白头发男人说。金发男人同时开口："说起来，你是谁？"

"我妈妈和他是朋友。"斯嘉丽说。

她看到阿不已经站到了这群人背后，正疯狂地比画手势，要她赶紧甩开这些人，跟他走。

斯嘉丽故作轻松地说："他就是临时出去一下，去买报纸。就在下面，街角那家店里。"说完，便反手带上房门，绕过这群男人往外走。

"你去哪儿？"留胡子的男人问。

"我要去赶公交车了。"斯嘉丽朝山上走去，公交车站和坟场都在上面。她努力忍住，没有回头看。

阿不和她并排走着。暮色越来越浓，就算在斯嘉丽的眼里，他也只是一道比空气稍微深一些的影子罢了，就像那些没有实体的东西一样，像热气扭曲的光影，像空中盘旋的落叶，恍惚间又像个男孩的形状。

"走快一点，"阿不说，"但不要跑。他们都在看着你。"

"他们是什么人？"斯嘉丽悄声问。

"不知道。但这群人感觉不对劲，不像真人。我想回去听一下他们说什么。"

"他们当然是真人。"斯嘉丽说。她不知道阿不还在不在旁边，只能在不跑起来的前提下，尽可能加快脚步往山上走。

四个男人站在33号的大门前。"我不喜欢这样。"公牛脖子的大块头男人说。

"你不喜欢，塔尔先生？"白头发男人说，"我们都不喜欢。不对劲，都不对劲。"

"克拉科夫完了，没有消息过来。还有之前的墨尔本和温哥华……"胡子男人说，"据我所知，现在就只剩下我们四个了。"

"拜托，安静些，凯奇先生。"白发男人说，"我在思考。"

"抱歉，先生。"杰克·"绞刑手"·凯奇先生说。他伸出一根戴着手套的手指，摸了摸胡子，抬头看看山上，又看一眼山下，吹了一声口哨。

"我觉得……我们应该去追她。"说话的是公牛脖子男人，杰克·"焦油"·塔尔。

"我觉得你们这些家伙应该乖乖听我的话。"白头发男人说，"我说了安静，那就是要安静。"

"抱歉，丹迪先生。"金发男人说。

所有人都安静下来。

沉默中，他们听到了嘭嘭的撞击声，像是从房子里面传出来的，楼上的动静。

"我进去。"杰克·"绅士"·丹迪先生说，"塔尔先生，你和我一起。尼姆伯尔和凯奇，你们去追那女孩，把她带回来。"

"要死的还是活的？"杰克·"绞刑手"·凯奇露出一个得意的笑。

"活的，你这白痴。""绅士"杰克说，"我要清楚她都知道些什么。"

"也许她也是他们一伙儿的。""焦油"杰克说，"那些跟我们作对的家伙，温哥华、墨尔本，还有——"

"抓住她。""绅士"杰克说，"现在就去。"

金发男人和戴帽子的胡子男人赶忙朝山上追去。

"绅士"杰克和"焦油"杰克站在33号门外。

"撞开它。""绅士"杰克说。

"焦油"杰克侧过肩膀，用尽全身力气撞门。"加固过了。"他说，"有防护。"

"绅士"杰克说："没有什么杰克做的东西是其他杰克解不开的。"他摘下手套，把手按在门上，低声念起一种比英语更加古老的语言。"再试试。"他说。

"焦油"杰克重新用肩膀抵住房门，低吼一声，用力一推。这一次，门锁退让，房门开了。

"干得不错。""绅士"杰克说。

与此同时，一阵哗啦啦的巨响从顶楼传来。

男人杰克在楼梯半中腰遇到了他们。杰克·"绅士"·丹迪冲他咧了咧嘴，笑意全无，只有一口完美的白牙。"哈喽，杰克·'冰霜'·弗罗斯特，我想你已经找到那个男孩了。"

"是的。"男人杰克说，"但他跑了。"

"又跑了？"杰克·"绅士"·丹迪的笑容更大了，甚至更加完美，只是也更冷了，"一次是失误，杰克。两次，就是灾难了。"

"我们会抓到他的。"男人杰克说，"就今天晚上，了结这一切。"

"最好是这样。""绅士"杰克说。

"他应该回坟场去了。"男人杰克说。三个人快步跑下楼梯。

男人杰克嗅着空气里的味道。鼻腔里有男孩的气味，后脖颈上掠过一阵针扎似的刺痛。这一切似乎在许多年前就发生过。他停下脚步，取下那件黑色的长外套穿上。这衣服平时就挂在门厅里，格格不入地和弗罗斯特先生的花呢外套还有黄褐色雨衣并排挂着。

房门大敞，外面就是大街，天色几乎完全黑了。这一次，男人杰克很清楚该往哪个方向去。他没有犹豫，脚下不停地走出房子，朝山上的坟场赶去。


斯嘉丽来到坟场前，门是关着的。她绝望地摇晃大门，可天黑了，大门已经上锁。就在这时，阿不出现在她身边。"你知道钥匙在哪里吗？"她问。

"没时间去拿钥匙了。"阿不贴近铁门栏杆，"抱住我。"

"什么？"

"用你的手抱住我，闭上眼睛。"

斯嘉丽注视着阿不，眼里的怀疑像是在敦促他，赶紧做点什么。她张开胳膊，紧紧抱住阿不，用力闭上眼睛。"好了。"

阿不朝大门的铁栏杆靠上去。它们也算是坟场的一部分，希望他的坟场自由行动权可以允许他带人过去——哪怕就这一次也行。只见他化作一团烟雾，两个人一起过去了。

"可以睁眼了。"阿不说。

斯嘉丽睁开眼睛。"怎么做到的？"

"这是我的家。"阿不说，"在这里，我能做到很多事情。"

外面传来鞋底拍打人行道的声音。两个男人出现在大门另一边，又推又拉，用力摇晃铁门。

"嗨！你好啊。"杰克·"绞刑手"·凯奇说。他的胡子抽动了一下，隔着铁栏杆冲斯嘉丽咧嘴笑起来，活像一只奸猾的兔子。他的左边小臂上系着一条黑色丝绳，他一边打招呼，一边伸出戴手套的右手去解这条丝绳，拿在手里两手一捋，翻来绕去地摆弄着，像是要用它编一个猫咪摇篮似的。"来吧，出来，小姑娘。没事的，没有人会伤害你。"

"我们只是需要你回答几个问题。"说话的是那个金头发的大个子男人，杰克·"跳蚤"·尼姆伯尔，"我们是公务员。"他当然在骗人。从来就没有一个政府机构叫"全能杰克"，虽说政府、警察系统和其他很多机构里的确有不少杰克在。

"跑！"阿不猛地一拉斯嘉丽的手，对她说。她撒腿就跑。

"你看到了吗？""绞刑手"杰克说。

"什么？"

"我看到有人和她在一起，一个男孩。"

"那个男孩？""跳蚤"杰克说。

"我哪儿知道！过来，搭把手。"高个子的"跳蚤"杰克伸出双手，交握着结成底托，"绞刑手"杰克穿着黑皮鞋的脚一步踏上去，下面的人用力一托，他就蹿上了大门顶端，翻身从另一侧跳了下去，落地时四肢着地，像青蛙一样。他站起来，说："你去找别的入口，我先去追人。"说完，他就沿着通往坟场腹地的蜿蜒小路冲了出去。

斯嘉丽说："起码告诉我，现在究竟是怎么回事。"阿不疾步穿行在暮色下的坟场里，但没有跑，暂时还不用跑。

"你觉得是怎么回事？"

"我觉得那个男人想杀我。你看见他摆弄那条黑丝绳的样子了吗？"

"肯定是。那个男人杰克——你的弗罗斯特先生——他是来杀我的。他有刀。"

"他不是我的弗罗斯特先生。好吧，多少也算是，对不起。我们这是要去哪儿？"

"找个安全的地方，先把你藏起来。然后，我来对付他们。"

坟场的居民都惊醒了，纷纷赶来，围拢在阿不身边。大家又是担心，又是紧张。

"阿不？"凯乌斯·庞培说，"出什么事了？"

"有坏人。"阿不说，"大家能不能帮我盯着点他们？让我随时知道他们每个人的位置。另外，我们得把斯嘉丽藏起来。有什么好主意吗？"

"小教堂的地窖里？"萨克雷·波林格说。

"他们肯定最先去那里找。"

"你在跟谁说话？"斯嘉丽瞪大了眼睛，盯着阿不的眼神就像是怀疑他突然疯了一样。

凯乌斯·庞培说："山里面？"

阿不想了想。"对，好主意。斯嘉丽，你还记得我们发现靛蓝人的地方吗？"

"记得一点。很黑，我记得里面没什么可怕的东西。"

"我带你去那里。"

他们匆匆往山上走。斯嘉丽确定阿不不是在边走边和别的什么人说话，只不过她只听得到阿不这一半的对话罢了。就像听别人打电话一样。这提醒她了……

"妈妈一定要气疯了。"她说，"我死定了。"

"不，"阿不说，"你不会。现在不会死，很长一段时间内都不会死。"然后，他又转头对不知什么人说，"现在是其中两个。在一起？好的。"

他们抵达了弗罗比舍家的陵墓。"入口在左边最下面一副棺材背后。"阿不说，"如果你听到有人来，不是我的话，就一直往下走，走到最底下……你有能照明的东西吗？"

"有，我的钥匙串上有个 LED 灯。"

"那就行。"

他拉开陵墓的门。"小心，别绊着了。"

"你去哪儿？"斯嘉丽问。

"这是我的家。"阿不说，"我要去保卫它。"

斯嘉丽按亮钥匙圈上的小灯，手脚并用地爬了进去。棺材后面的洞口很小，她钻进去，再把棺材拉回来，尽可能恢复原样。借着微弱的灯光，她能看到脚下的石阶。她站起身，扶着墙往下走了三级台阶，然后坐下来等。但愿阿不知道自己在做什么吧。

阿不说："他们到哪儿了？"

他的父亲说："一个上来了，在埃及步道那边找你。他的朋友在下面围墙那里等人。另外三个还在想办法进来，现在把那些大垃圾箱都拖过来了，准备踩上去翻墙。"

"要是塞拉斯在就好了，一下子就能解决他们。或者卢佩斯库小姐也行。"

"你不需要他们。"欧文斯先生给他鼓劲。

"妈妈在哪里？"

"在下面，围墙那边。"

"告诉她，我把斯嘉丽藏在弗罗比舍家的地盘里了。要是我有什么事，请她帮忙照看她。"

阿不在坟场里奔跑起来，天色越来越暗。要去西北角的话，埃及步道是必经之路。也就是说，他不可能绕开那个玩黑丝绳的小个子男人。一个正在搜寻他的人，一个想要置他于死地的人……

他是不是谁·欧文斯，他告诉自己。他是这坟场的一部分。不会有事。

阿不匆匆跑上埃及步道，差点没看到那个叫"绞刑手"杰克的小个子男人。那个人几乎融进了暗影里。

阿不深吸一口气，施展隐身术，尽力隐去身形，从男人身边走过，就像晚风吹过的一粒微尘。他走过浓荫低垂的埃及步道，鼓起所有勇气现出身形，尽可能显眼，甚至还故意踢了一脚鹅卵石。

他看到拱门边的那片影子突然从黑暗中分离出来，悄无声息地朝他追了过来，安静得宛如死亡一般。

阿不拨开帘幕般垂下的藤蔓，走进了坟场西北角。他知道，必须控制好时间和速度。走得太快，那个男人可能跟不上；可要是太慢，那条黑色丝绳就会缠上他的脖子，夺去他的呼吸和他未来的所有明天。

他一路拨开纠缠的藤蔓前行，故意弄出动静，惊起了一只狐狸——坟场上住着很多狐狸——它蹦起来，一头钻进了灌木丛中。这里就是一片丛林，到处都是倾覆的墓碑与无头的雕像，树木和冬青灌木肆意生长，半腐的落叶厚厚地堆积着，又湿又滑。然而，这是阿不熟悉的丛林，从他会走路、能自己到处乱逛开始，就无数次探索过的丛林。

此刻，他走得匆忙却小心，越过盘错虬突的常春藤根，踩着石块和土地，心里越发相信，这就是他的坟场。他能感觉到坟场想帮助他，想把他藏起来，保护他，掩去他的踪迹，以至于他需要想方设法才能让自己被看见。

看到尼希迈亚·特洛特时，他犹豫了一下。

"你好，小阿不！"诗人扬声招呼，"我听到喧嚣主宰了此刻，你纵跃于此地，犹如彗星划过苍穹。这是怎么了，我的好阿不？"

"站着别动。"阿不说，"就待在那里。帮我看着身后，他一靠近就告诉我。"

阿不绕过卡尔斯泰尔那爬满常春藤的坟墓，背对着他的追兵停下脚步，开始大口喘气，做出上气不接下气的样子。

他在等。只是短短几秒钟而已，感觉却像经历了一个短暂的永恒。

（"他来了，小伙子。"尼希迈亚·特洛特说."离你大概还有二十步。"）

"绞刑手"杰克看到男孩就在前面，他双手一抻，绷紧了黑丝绳。这么多年来，它缠上过无数人的脖颈，拥抱他们，终结他们每一个人的性命。它是那么柔软，又是那么强悍，无影无踪，就连 X 射线都发现不了它。

凯奇先生的胡子动了动，但仅此而已。他已经看到猎物就在眼前，不想惊动它，只是欺身上前，仿佛影子一般悄然无声。

男孩直起了身子。

"绞刑手"杰克速度很快，光亮的黑皮鞋踏在腐叶的烂泥上，几乎没有一丝声响。

（"他来了，孩子！"尼希迈亚·特洛特大喊。）

男孩转过身，杰克·"绞刑手"·凯奇纵身扑向他——

凯奇先生只觉得脚下蓦地一空。他伸出戴手套的右手，想要抓住这个世界，却只是翻滚着坠落，坠落，跌进了一座古墓里。他下坠了大概有六七米，最后狠狠地摔在卡尔斯泰尔先生的棺材上，敲碎了棺材盖，也砸碎了他自己的脚踝骨。

"一个。"阿不冷静地说。可他的心情绝不平静。

"优雅，漂亮！"尼希迈亚·特洛特说，"我该作一首诗来称颂它。你愿意留下来听一听吗？"

"没时间。"阿不说，"还有几个人在哪里？"

尤菲米娅·霍斯福尔说："有三个在西南边那条路上，正往山上走。"

汤姆·桑兹说："还有一个，这会儿在小教堂打转。就是上个月经常来坟场的那个人。不过他好像跟之前不太一样了。"

"帮我看着卡尔斯泰尔先生这儿的这一个。还有，帮我跟卡尔斯泰尔先生道个歉……"阿不用一根松枝遮在头上，躬下身子，绕路去山坡的另一面。路好走的时候就走小路，没路可走或是路太绕的话，就在石碑、雕像和大石头上跳着走。

他路过了那棵老苹果树。"还有四个人。"一个尖厉的女声说，"四个他们的人，都是杀手。剩下这几个可不会乖乖中你的计，往敞着口的坟墓里掉。"

"你好啊，丽萨，我还以为你生我的气了呢。"

"我也许是生气了，也许没有。"依然只有一道声音飘来飘去，"可我不会让他们杀了你的，绝不。"

"那就帮我盯着他们的动向，跟着他们，迷惑他们，拖慢他们的速度。你能做到吗？"

"为了争取时间让你逃？不是谁·欧文斯，干吗不就这么躲着呢，隐身，躲进你妈妈舒适的坟墓里，他们永远也找不到那里去，很快，塞拉斯就会回来，把他们处理掉——"

"他也许会回来，也许不会。"阿不说，"我在雷劈树那里等你。"

"我还是不跟你说话的。"丽萨·汉普斯托克的声音说，骄傲得像只孔雀，无礼得像只麻雀。

"事实上，你已经在说了。我的意思是，我们现在就在说话。"

"仅限于这个紧急情况而已。等事情结束就不说了，一个字也不说。"

阿不赶往雷劈树。那是一棵老橡树，二十年前被雷击中着了火，如今只剩下一段光秃秃的焦黑树干，张牙舞爪地伸向天空。

他有个想法，不算太成熟，而且取决于他还记不记得卢佩斯库小姐教的那些东西，还有小时候所见所闻的一切细节。

那座坟墓比他预想的难找，更别说要确认了。不过，他终究还是找到了——那是一座丑陋的坟，古怪地倾斜着，墓碑顶上立着一个水渍斑斑的无头天使，看起来就像一朵巨大的蘑菇。阿不伸手摸了摸，感觉到一阵森冷的寒意。这就对了，他确定，就是这里。

他爬上坟头坐下来，强迫自己完全现出身来。

"你没有隐形。"丽萨的声音说，"谁都能看到你。"

"那就好，我就是要他们来找我。"

"杰克在暗你在明。"丽萨说。

月亮升起来了。很大，低低地挂在半空中。阿不吃不准要不要吹口哨，会不会显得太刻意。

"我看到他了！"一个男人跌跌撞撞地向他跑来，另外两个紧随其后。

阿不知道，坟场的亡者都聚到了这里，注视着眼下这一幕，可他强迫自己不去理会他们。他换了个姿势，让自己在这丑陋的坟头上坐得更舒服些。这感觉并不太好，像是成了陷阱里的诱饵。

一马当先冲过来的，是那个公牛模样的男人，后面是一直在发号施令的白头发男人和那个金发的高个子。

阿不坐在原地，没有动。

白头发男人说："啊，神出鬼没，不愧是多利安家的男孩，真叫人吃惊。我们的'冰霜'杰克找遍了全世界，可你就在这里，就在他十三年前弄丢你的地方。"

阿不说："就是那个男人杀了我全家。"

"不错，是他。"

"为什么？"

"这重要吗？你永远没有机会告诉任何人了。"

"既然如此，告诉我对你们也没什么损害，不是吗？"

白头发男人爆发出一阵大笑。"哈！有趣的男孩。我只想知道，你是怎么在一个坟场里生活了十三年，却没有被人发现的？"

"你回答我的问题，我就回答你。"

公牛脖子男人说："不许这样对丹迪先生说话，你这小鼻涕虫！我要撕了你，我要——"

白头发男人上前一步，走近坟头。"嘘，'焦油'杰克，没事。答案换答案。我们——我的朋友们和我——都来自一个兄弟会组织，叫'全能杰克会'，也叫'侍从会'，还有过一些别的名字。我们拥有漫长的历史，我们知道……不，应该是我们'记得'大多数人已经忘记的事情。古老的知识。"

阿不说："魔法，你们会一点魔法。"

男人赞许地点点头。"如果你愿意这么称呼它的话，是的。不过，那是一种非常特殊的魔法，从死亡里得来的魔法。有东西离开世界，就有东西填补进来。"

"你们杀我全家是为了什么？为了得到魔法的力量？那也太荒唐了。"

"不，我们杀你是为了自保。很久以前，还是在古埃及，造金字塔的时代，我们之中有一个人预言说，有一天，将有一个男孩降生，他能够行走于生者与死者的国度之间。他说，如果这个男孩长大成人，就意味着我们的组织、我们所代表的一切都将终结。所以，从伦敦连村庄都还没有的时候，我们就开始关注新生的居民。在新阿姆斯特丹变成纽约之前，你的家族就进入了我们的视线。我们派出我们认为最优秀、最机敏、最危险的杰克去对付你。只要处理好了，我们就能扭转局面，化所有不利因素为我们所用，确保一切照旧，再运转个五千年。唯一的问题是，他失手了。"

阿不看看这三个男人。"那他在哪儿？他为什么不在这里？"

金发男人说："有我们料理你就够了。我们的'冰霜'杰克有个好鼻子，可灵着呢。他在找你的小女朋友。不能留下目击证人。像这样的事情，绝对不行。"

坟头上杂草丛生，阿不弯下腰，双手插进野草堆里。

"来抓我啊。"他没再多说什么。

金发男人咧嘴一笑，公牛脖子男人猛扑上前，就连——是的——就连丹迪先生都上前了好几步。

阿不极力将十指深深地插进纠结的草根之间，拉开嘴角，露出牙齿，用比那靛蓝人出生的时代更早的语言，吐出了三个古老的词。

"斯咔呵！塞呵！咳哈哇嘎！"

他打开了食尸鬼之门。

坟墓像地窖的盖板门一样向上翻开，露出下面深不见底的洞口。阿不看到了里面的星空，漆黑一片，却隐隐有微光闪烁。

公牛一样的塔尔先生——"焦油"杰克——刚好冲到洞口边，大惊之下，没能刹住脚，一头栽进了那片黑暗之中。

杰克·"跳蚤"·尼姆伯尔先生纵身跃起，扑向阿不。他张开双臂，想要跳过洞口。阿不眼看着他定在了这一跳的最高点，悬空片刻后，也被吸进了食尸鬼之门，一直往下坠，下坠。

杰克·"绅士"·丹迪先生站在食尸鬼之门的边缘，踩着一块突起的石头往黑洞洞的下面望。然后他抬起眼睛，看向阿不，抿了抿嘴唇，笑了。

"我不知道你做了什么。"丹迪先生说，"但那都是徒劳的。"他从口袋里抽出一只手，手上戴着手套，握着一把枪，枪口对准了阿不。"十三年前我就该自己动手的。"丹迪先生说："他人永远不可信。重要的事只能自己动手。"

沙漠的风从洞开的食尸鬼之门里吹上来，又干又热，还夹杂着沙粒。阿不说："下面是一片沙漠。如果你们想找水，还是能找到的。也有东西可吃，只是要花些工夫仔细找。记住，别招惹夜魇，躲开古尔海姆。食尸鬼可能抹去你们的记忆，把你们变成他们中的一员，也可能等到你们腐烂之后再把你们吃掉。无论如何，你们要小心。"

枪管纹丝不动。丹迪先生说："为什么跟我说这个？"

阿不指了指整个坟场。"因为他们。"丹迪先生忍不住跟着往旁边扫了一眼，就一眼，阿不隐形了。丹迪先生只是转了一下眼珠，可阿不已经不在那尊破雕像的旁边了。黑洞的深处有东西在叫，像是某种夜行鸟孤独的哀号。

丹迪先生左右张望，额头上挤出一道深深的皱纹，犹疑与暴怒在他的身体里左冲右突。"你在哪儿？"他咆哮道，"你这不得好死的东西！你在哪儿？"

他好像听到一个声音在说："食尸鬼之门打开后必须关上，不能就这么开着。它们想关上。"

洞口开始震颤，摇晃。杰克·"绅士"·丹迪多年前在孟加拉国遭遇过一次地震，现在的感觉就和当时一样。大地颤抖着，丹迪先生跌倒了，就要跌入黑暗之中，可他抓住了一块倒下的墓碑，使劲伸长了胳膊，抱住它，双手紧扣。他不知道下面是什么，只知道自己一点儿也不想去找出答案。

大地晃动起来，他感觉到墓碑开始移动，也许是承受不住他的重量了。

他抬头望去。男孩就在上面，正一脸好奇地低头看着他。

"我得关门了。"他说，"我猜，如果你还抱着那东西不放的话，它可能会直接合上，把你压扁，也可能把你吞掉，让你变成大门的一部分。谁知道呢。虽然你们当初没有给过我的家人机会，我还是愿意慷慨一点，再给你一个机会。"

一阵剧烈的颤抖。丹迪先生抬头望着男孩灰色的眼睛，破口大骂。最后，他说："你逃不掉的。我们是全能的杰克，我们无所不在。事情还没有结束。"

"对你来说结束了。你们的人和你们背后的一切都结束了，正如你们那个人在埃及预言的那样，你们没能杀死我。你们确实无所不在，可现在，都结束了。"阿不笑了，"这就是塞拉斯在做的事，对吗？他就在那里。"

丹迪先生的表情证实了阿不的猜测。

至于他对此会说些什么，阿不永远都不会知道了。因为他放开墓碑，翻滚着坠入了还敞开着的食尸鬼之门里。

阿不念道："危呵，喀哈啊喇多斯。"食尸鬼之门再次变成了一座平平无奇的坟墓。

有人拉了拉他的袖子。福丁布拉斯·巴特比正抬头看着他："阿不！小教堂的那个人，他往山上去了。"


男人杰克跟着他的鼻子走。之所以和其他人分开，很大一部分原因在于杰克·"绅士"·丹迪，他的古龙水会掩盖掉一切细微的味道。

男人杰克无法通过气味找到那个男孩，在这里不行。那男孩的味道和这坟场一样。可女孩就不同了，她身上是她母亲那套公寓的味道，是她早晨上学前拍打在脖子后面的香水味道。她闻起来就像个受害者，有恐惧的汗味，是猎物的味道。而不管她在哪里，那个男孩一定和她在一起，他们两个总是要聚到一起的。

他紧紧握住刀柄，朝山上走。快到山顶时，他心里蓦地一动——这是一种直觉，但他知道是真的——杰克·"绅士"·丹迪和其他几个人都没了。很好，他想。上面总是要空出位子来的。自从刺杀多利安一家四口的任务失败之后，男人杰克在组织里的升迁速度就变慢了，近几年来更是停滞不前。他不再受到信任了。

现在好了，很快，一切都将改变。

男人杰克登上山顶，却跟丢了女孩的气味。他知道，就在附近。

他从容地原路返回，刚往回走了十五米左右，便重新捕捉到了女孩的香水味。路边有一座装着金属门的小陵墓，墓门掩着。他伸手一拉，门开了。

女孩的味道扑面而来。他能闻出她的恐惧。他把架子上的棺材挨个儿拽下来，任由它们哐啷哐啷地摔在地上，老朽的木头被摔碎，里面的东西四散飞出，撒落在陵墓的地面上。不对，她没有躲在棺材里……

那是在哪里？

他细细检查墙面。严丝合缝。他趴下来，拽出最后一口棺材，摸了摸它的背后。摸到一个洞口……

"斯嘉丽。"他喊道，尝试着回忆自己还是弗罗斯特先生时都是怎么叫她名字的，却再也找不回那部分的自己了——他现在是男人杰克，彻头彻尾的杰克。男人杰克手脚并用，爬进了墙洞里。

听到东西摔碎的声音，斯嘉丽便开始小心翼翼地沿着石阶往下走，左手扶着墙，右手握着她小小的钥匙圈灯，灯光刚好能让她看到下一步要落脚的位置。她一直向下，走到石阶的尽头，再一次站在了那个没有门的石室门口，心怦怦狂跳。

她很害怕。害怕曾经那样和气的弗罗斯特先生和他那些吓人的朋友，害怕这个屋子和关于它的记忆，甚至，如果诚实一点的话，她还有点害怕阿不。他不再是童年记忆里那个安静神秘的男孩，有什么不一样了，不那么像个人类了。

她想：不知道妈妈现在怎么样了。她肯定在一遍又一遍地拼命往弗罗斯特先生家里打电话，想问我什么时候回家。要是能活着离开这里，一定要让她给我买部手机。太可笑了。我的同学里，大概就只剩下我还没有手机了。

她想妈妈了。

她从不知道有人能在黑暗中悄无声息地行动，可是，一只戴着手套的手突然捂上了她的嘴，一个只能勉强分辨出是弗罗斯特先生的声音响起，不带一丝感情："聪明点，别干傻事，不然我就割断你的喉咙。听懂了就点头。"

斯嘉丽点了点头。

阿不看到了弗罗比舍家族陵墓里的满地狼藉，摔碎的棺材和里面的东西铺满了过道。弗罗比舍、弗罗拜舍和帕蒂夫家族的几个人都心烦意乱，惊惶不安。

"他下去了。"以法莲说。

"谢谢您。"阿不钻进洞口，进入山腹，沿着石阶往下走去。

在这里，阿不的视力和死人一样——他看得见台阶，看得见石阶下面的墓室。刚下到一半，他就看到男人杰克抓住了斯嘉丽，把她的胳膊反拧在背后，握着一把巨大的、邪恶的骨刀，架在她的脖子上。

男人杰克在黑暗中抬起头，望着上面。"哈喽，小子。"

阿不没出声。他专心施展隐身术，然后迈出一步。

"你觉得我看不见你。"男人杰克说，"你是对的。我看不见，眼睛看不见。可我闻得到你的恐惧。我听得到你的动作、你的呼吸。现在，我已经知道了你那套隐身的小把戏，我能感觉到你。说点什么，说点我能听到的东西，不然，我就把这女孩的肉一片一片地割下来。听明白了吗？"

"是的，"阿不的声音在石室里回响，"听明白了。"

"很好。"杰克说，"现在，过来。我们聊聊。"

阿不走下石阶。他集中精神尝试恐吓术，专心提升屋子里的惊恐浓度，让它变成某种可以触碰的真实存在……

"停下。"男人杰克说，"不管你在做什么，别耍花招。"

阿不放弃了。

"你以为，你还能把那些小把戏用在我身上？你知道我是什么人吗，小子？"

"你是那些杰克里的一个。你杀了我全家，而且原本应该把我也杀掉的。"

杰克挑了挑眉毛，说："我原本应该杀了你？"

"哦，是的。那个老头说，如果让我长大成人，你们的组织就会毁灭。我已经长大了。你失败了，你们完了。"

"我的组织从巴比伦王国之前就存在了，没有什么能伤害它。"

"他们没告诉你，是不是？"阿不站在男人杰克的五步开外，"那四个人，他们就是最后的几个杰克了。乜就是说……克拉科夫、温哥华、墨尔本，全都完了。"

斯嘉丽说："阿不，救我。让他放开我。"

"别担心。"阿不的声音透出他自己都没有察觉到的冷静。他转向杰克，说："伤害她没有任何意义，杀我也没有意义。你还不明白吗？已经没有全能杰克会了。再也没有了。"

杰克若有所思地点点头。"如果这是真的，如果我现在是唯一的杰克，那我就更有理由杀死你们两个了，完美的理由。"

阿不没有说话。

"是骄傲，对我职业的骄傲，务求善始善终的骄傲。"他停顿了一下，说，"你在干什么？"

阿不的汗毛已经立了起来，他能感觉到烟雾般的触手开始在房间里缭绕。"不是我，是杀戮者。它负责守护这里埋藏的珍宝。"

"别想骗我。"

斯嘉丽说："他没有骗人，是真的。"

杰克说："真的？埋藏的珍宝？别逼我——"

**"杀戮者为主人守护珍宝。"**

"谁在说话？"男人杰克转动脑袋，左右张望。

"你听到了？"阿不疑惑地问。

"我听到了。"杰克说，"是的。"

斯嘉丽说："我什么也没听到。"

男人杰克说："这到底是什么地方，小子？我们在哪儿？"

没等阿不开口，杀戮者的声音便再一次响起，回荡在这石室中。**"这里是藏宝之地。这里是力量之所。这里是杀戮者为主人守护，等待主人归来的地方。"**

阿不说："杰克？"

男人杰克把脑袋歪向一边："能从你嘴里听到我的名字真好，小子。如果你早一点这样做，我也能早一点找到你。"

"杰克，我的真名是什么？我的家人是怎么叫我的？"

"都这个时候了，干吗还在意一个名字？"

"杀戮者让我找出自己的名字。我叫什么？"

杰克说："我想想看啊。大概是彼得？要不就是保罗？或者罗德里克——你长得挺像个罗德里克。不过也可能是史蒂芬……"他在戏弄男孩。

"或许你还是告诉我的好，反正你无论如何都要杀掉我的。"阿不说。杰克耸耸肩，在黑暗中点了点头，像是在说，那是当然。

"我希望你能放开那个女孩。"阿不说，"让斯嘉丽走。"

杰克眯起眼睛朝黑洞洞的石室里看，过了会儿说："那是个祭台石吗？"

"我想是的。"

"上面有把刀？还有一个酒杯？一枚胸针？"

黑暗中，他笑了起来。阿不能看见他脸上的笑容，那是一种欣喜却又古怪的笑，和那张脸是那么的格格不入。一种意外发现而后恍然大悟的笑。斯嘉丽什么也看不见，只觉得眼前一阵阵发黑，但她能听出男人杰克声音里的喜悦。

"这么说，兄弟会没了，公会也走到头了。事到如今，除了我，全能的杰克们已经统统完蛋了。可这又有什么关系呢？我们会有一个新的兄弟会，比从前的更强大，更有力量。"

"**力量**。"杀戮者呼应他。

"这真是太完美了。"男人杰克说，"看看吧，就是这个地方，我们的人找了几千年，谁能想到，我现在就站在这里，连仪式所需的用品都准备好了，就只等着我了。有时候你不得不相信天意，嗯？在那么多逝去的杰克的祈祷之下，在我们陷入最低谷的时候，上天将它赐予了我们。"

阿不能感觉到，杀戮者在专心致志地听杰克说话，兴奋的喃喃声在这小屋里渐渐堆积。男人杰克说："小子，我现在会把手伸出来。但斯嘉丽，我的刀还架在你脖子上，所以，在我放开你的时候，别想着逃跑。而你，小子，去那边把杯子、刀和胸针都拿过来，放到我的手上。"

**"杀戮者的珍宝，"**那个三声道的声音嘶嘶低语，**"它必将归来。我们为主人守护。"**

阿不弯下腰，从祭台石上拿起那几样东西，放在杰克摊开的、戴着手套的手掌上。杰克咧开嘴，笑了。

"斯嘉丽，我会放了你。在我的刀挪开以后，我希望你能趴到地上，脸贴着地面，双手抱头。要是动一动，或是动什么歪脑筋，我会让你死得很痛苦。听明白了吗？"

斯嘉丽咽了一下口水。她嘴里发干，但还是颤颤巍巍地往前迈了一小步。她的右胳膊一直被狠狠地拧在背后，已经麻了，肩膀针扎似的疼。她趴下去，脸颊贴在坚实的泥地上。

我们死定了。她虽然这么想着，内心却没有一丝波动。感觉就像在看别人的故事，原本是一出超现实的戏，最后却变成了暗室杀人的游戏。她听到杰克去抓阿不的声音……

阿不的声音在说："放她走。"

然后是男人杰克的声音："只要你乖乖照我说的做，我就不杀她。一根汗毛都不伤她的。"

"我不相信你。她能认出你。"

"不会。"男人的声音很笃定，"她认不出来。"过了会儿，依然是这个声音："一万年了，这把刀还是这么锋利……"声音里的赞叹清晰可辨："小子，去，跪在祭台石上，手背到背后。立刻。"

**"太久了。"**杀戮者在说话。可在斯嘉丽听来，只是沙沙的滑动声，似乎有什么庞然大物在绕着这屋子游动。

可男人杰克能听到。"趁我还没有把你的血洒在这石头上，小子，你还想知道你的名字吗？"

阿不感觉刀锋散发着寒意，紧贴在他的脖子上。就在这一刹那，阿不恍然大悟。一切都慢了下来，一切都清晰起来。"我知道我的名字，"他说，"我是，不是谁·欧文斯。那就是我。"跪在这冰冷的祭台石板上，问题竟显得如此简单。

"杀戮者，"他对着石室说话，"你们还想要主人吗？"

**杀戮者守护珍宝，直到主人归来。**

"很好，"阿不说，"你们一直在找的主人，现在终于找到了，不是吗？"

他能感觉到杀戮者在扭动，在膨胀，他听到如同一千根枯枝同时刮擦的声音，仿佛有什么巨大而健硕的东西在这石室内蛇行游弋。然后，阿不第一次看到了杀戮者的模样。但他无法形容眼前见到的东西：一个庞然大物，的确有着蛇一般的身体，可是，在头的位置上，那是什么……？是三个东西——三个头，三条脖颈。每个头上都顶着一张死人的脸，就像是从人类和动物的尸体上各切下一部分，将它们拼接在一起，做成了这么个东西。每张脸上都覆盖着刺青，是靛青色的漩涡团，这些死人的脸因此变成了某种奇怪的、意味深长的、骇人的东西。

杀戮者的三张脸都竖了起来，试探着凑近杰克，像是想要挨蹭或抚摸他一样。

"怎么回事？"杰克说，"那是什么？它要干什么？"

"它叫杀戮者，负责守护这里。它需要一个主人，来告诉它应该做什么。"阿不说。

杰克举起手中的燧石刀。"真漂亮。"他喃喃自语，然后说，"当然，它等的是我。毫无疑问，我就是它的新主人。"

杀戮者在石室里绕着圈游动。"**主人**？"好像苦等已久的小狗，它又说了一遍，"主人？"仿佛在咀嚼这个词究竟是怎样的滋味。滋味很好，于是，它又说了一次，伴随着一声愉悦的、渴望的叹息："主人……"

杰克低头看向阿不。"十三年前，我让你跑了，而现在，我们再次相遇。一个循环结束，另一个循环开始。再见了，小子。"他单手持刀，对准了男孩的喉咙，另一只手端起酒杯。

"是阿不，"阿不说，"不是小子。阿不。"他提高了声音："杀戮者，你要怎样对待你的新主人？"

杀戮者一声叹息。**"我们将保护他，直到时间尽头。杀戮者永远盘绕在他周围，绝不让他经受这个世界的一切危险。"**

"那就保护他。"阿不说，"现在。"

"我是你们的主人，你们要服从我。"男人杰克说。

**"杀戮者等得太久了。"**三声道齐声说，**"太久了——"**它庞大的身体开始缓缓盘绕，将男人杰克卷在中间。

男人杰克丢掉了酒杯。现在，他双手各拿着一把刀，一把是燧石刀，一把是黑色的骨柄刀。"退回去！放开我！不要再紧了！"他拼命挥刀，杀戮者继续围绕着他收紧身躯，最后，用力一勒，将男人杰克彻底包裹在了它的缠绕之中。

阿不跑向斯嘉丽，把她从地上拉起来。"我想看看。"她说，"我想看看发生了什么。"她摸出她的小灯，打开……

斯嘉丽眼里的景象和阿不看到的不同。她看不见杀戮者——这是幸运。但她能看见男人杰克，她看到了他脸上的恐惧，这倒让他显出了几分弗罗斯特先生的影子。恐惧之下，他重新变回了那个开车送她回家的和善男人。他凭空悬在一米多高的半空中，然后是三米，手里疯狂地挥舞着两把刀，像是要去刺某个她看不见的东西，但显然没什么用。

弗罗斯特先生，或者说男人杰克，不管是谁，总之，他在一点点地远离他们，被拖向屋子的另一头，直到整个人都紧紧地贴在了石室的墙壁上，双手双脚摊开，拼命挣扎。

在斯嘉丽看来，弗罗斯特先生简直就是被硬生生地拽进了墙里，拉到岩石里面，被石头吞没了。他的身体不见了，只剩下一张脸还在绝望地大叫，疯狂地叫阿不让那东西走开，求他救救他："求求你，求求你……"再然后，男人的脸也被拉进了墙里，声音消失了。

阿不回到石头祭台前，捡起掉在地上的石刀、酒杯和胸针，物归原位。但他没去碰那把黑色的骨柄金属刀，就让它留在掉下来的地方。

斯嘉丽说："你说过，杀戮者不能伤人，我以为它就是吓唬吓唬我们的。"

"是的。"阿不说，"可它想找个主人，把他保护起来。它是这么跟我说的。"

"你是说你都知道，你知道会这样……"

"是的，我是这么希望的。"

阿不带着斯嘉丽爬上石阶，回到乱糟糟的弗罗比舍家族陵墓里。"回头还得把这儿整理干净。"阿不随口说了一句。斯嘉丽尽量不去看地上的东西。

他们走出陵墓，回到坟场上。斯嘉丽又呆呆地说了一遍："你知道会这样。"

这一次，阿不没有说话。

她看着他的样子，就好像不知道自己眼前的究竟是什么。"所以，你知道杀戮者会把他抓走，所以才把我藏在那下面，是吗？我就是个……诱饵？"

"不是这样的。"阿不停了一下，又说，"我们都活了下来，不是吗？他再也不能找我们的麻烦了。"

斯嘉丽感觉怒火一下从身体里蹿起来。恐惧退去，她现在只想破口大骂，大吼一通。她努力压下这股冲动。"另外几个人怎么样了？你把他们也都杀了？"

"我没有杀人。"

"那他们在哪儿？"

"一个掉进了一座很深的坟墓里面，摔断了脚踝。另外三个，唔，在很远的地方。"

"你没杀他们？"

"当然没有。"阿不说，"这里是我的家。我怎么可能愿意让他们从今往后都在这里游荡？"过了会儿，他说："没事了。我把他们都处理掉了。"

斯嘉丽退开一步，说："你不是人类。人不会像你这样做事。你和他一样坏，你是个怪物。"

阿不只觉得血唰的一下从脸上退了下去。这一夜发生了这么多事，只有这一件，是他最难承受的。

"不，不是这样的。"

斯嘉丽往后退开一步、两步，仿佛下一秒就要转身逃命，飞奔，不顾一切地逃离这月光笼罩下的坟场。就在这时，一个披着黑色天鹅绒斗篷的高个子男人突然出现，伸手按在她的一只胳膊上，说："你这样对阿不恐怕不太公平。不过，毫无疑问，对你来说，忘掉这一切会更快乐。既然如此，不妨让我们一起走走，你和我，聊一聊这两天发生在你身上的事，看看哪些是你该记住的，哪些最好还是忘掉。"

阿不说："塞拉斯，不，你不能这样。不能让她把我忘掉。"

"这是最安全的办法。就算不为了我们大家，也是为了她好。"

"难道——难道不该问问我的意见吗？"斯嘉丽问。

塞拉斯没有说话。阿不上前一步，走到斯嘉丽面前，说："你看，事情都结束了。我知道这很难。不过，我们做到了。你和我，我们战胜了他们。"

可她一直轻轻地摇着头，像是无法接受她亲眼看到、亲身经历的这一切。

她抬头看着塞拉斯，说："我想回家，可以吗？"

塞拉斯点了点头。他陪着女孩下山，一起沿着那条终将把他们带出坟场的小路往下走。阿不呆呆地看着斯嘉丽走远，希望她能回头看一眼，希望她能笑一下，或者，哪怕只是看他一眼，只要那双眼睛里不再有恐惧。可斯嘉丽没有回头，她就这么离开了。

阿不回到陵墓里。他必须做点什么，于是开始收拾摔坏的棺材，收拾遗骸，打算把散落满地的骨头捡起来，放回棺材里，却失望地发现，有这么多弗罗比舍、弗罗拜舍和帕蒂夫在这儿看着，却没有一个能说得清，究竟哪具骸骨应该放进哪副棺材里。


送斯嘉丽回家的是一个男人。可之后，斯嘉丽的母亲怎么也想不起他究竟跟自己说了什么，只记得遗憾地得知，那位好心的杰·弗罗斯特先生有事要处理，已经离开了这座城市。

男人在厨房里跟她们聊了会儿，说起他们的生活、他们的梦想，聊到最后，也不知怎么的，斯嘉丽的母亲竟决定搬回格拉斯哥去——斯嘉丽会高兴的，能离父亲近一些，还能再见到老朋友们。

塞拉斯走后，女孩和母亲继续在厨房里聊天，讨论搬回苏格兰可能遇到的问题，另外，诺娜还答应给斯嘉丽买一部手机。她们几乎忘了有位塞拉斯先生来过家里。这正是塞拉斯想要的。

塞拉斯回到坟场，在圆形露天剧场里找到阿不。他坐在方尖碑旁，一脸茫然。

"她怎么样？"

"我拿走了她的这部分记忆。她们会回格拉斯哥去，她在那里有朋友。"

"你怎么能让她忘记我？"

塞拉斯说："人类总是愿意忘记那些他们认为不可能的事，这让他们觉得世界是安全的。"

"我喜欢她。"

"我很抱歉。"

阿不想笑一下，可就连一丝笑也挤不出来。"那些人……他们说他们在克拉科夫、墨尔本还有温哥华都遇到了麻烦。是你，对吗？"

"不止我一个。"塞拉斯说。

"还有卢佩斯库小姐？"阿不说，可他看到了监护人脸上的神情，"她还好吗？"

塞拉斯摇摇头，有那么一瞬间，他的脸色难看到阿不几乎不敢看。"她英勇地完成了战斗。她是为你而战的，阿不。"

"杀戮者带走了那个男人杰克，另外三个掉进了食尸鬼之门，还有一个在卡尔斯泰尔先生的坟墓里，受伤了，但还活着。"

塞拉斯说："他是最后一个杰克了。我得赶在太阳出来之前去跟他聊一聊。"

风吹过坟场，冷得刺骨，可男人和男孩好像都没感觉。

阿不说："她怕我。"

"是的。"

"可为什么？我救了她的命，我不是坏人。我只是喜欢她。而且，我也是活人。"他沉默了一下，问道，"卢佩斯库小姐是怎么死的？"

"在战场上英勇赴死，"塞拉斯说，"为了保护其他人。"

阿不的眼睛黯淡下去。"你可以把她带回来，葬在这里。那样，我还能和她说话。"

"这做不到。"

阿不觉得眼睛发痛。"她叫我尼米尼。再也没有人会那样叫我了。"

塞拉斯说："我们去给你找些吃的吧？"

"我们？你要我跟你一块儿去吗？去坟场外面？"

"没有人要杀你了，至少现在没有。有许多事情他们都办不到了，再也不行了。所以，是的。你想去吃点东西吗？"

阿不想说他不饿，但那不是真的。他觉得有点难受，头有点晕。确实很饿。"比萨？"他提议。

他们穿过坟场，下山走向大门。一路上，阿不都看到有坟场的居民在，但他们没有说话，只是为男孩和他的监护人让开一条道。他们只是默默地看着。

阿不想谢谢他们的帮助，想大声说出他的感激，可亡者们全都一言不发。

比萨店里灯火通明，亮得阿不有些难受。他和塞拉斯在靠里的地方找了个位子坐下，塞拉斯告诉他怎么看菜单，怎么点餐。他自己点了一杯水和一小份沙拉，但只是用叉子在碗里拨来拨去，并不真的把它们往嘴里送。

阿不直接用手抓起比萨，吃得狼吞虎咽。他没有提问。塞拉斯想说的时候自然会说，否则问了也白问。

"我们很早以前就知道他们了……那些杰克……很早，但那时候只能从他们做过的事情里推断出有这样一些人存在。我们怀疑背后有个组织，可他们隐藏得太好了。后来，他们开始盯上你们，杀了你的家人。再后来，我才慢慢追踪到他们。"

"'我们'，是你和卢佩斯库小姐吗？"阿不问。

"我们两个，还有其他和我们一样的。"

"荣耀卫队。"阿不说。

"你怎么知道——"塞拉斯顿了顿，才接着说，"有句话怎么说来着，水罐虽小耳朵大，小孩子的耳朵总是很灵。是的，荣耀卫队。"塞拉斯端起水杯送到嘴边，却只是沾了沾唇，又放回到光溜锃亮的黑色桌面上。

桌面光亮得像镜子一样，要是有人留意看上一眼，可能会发现，上面并没有映出这个高个子男人的身影。

"原来如此。那么，你的任务完成了……在这里的事情都结束了。你还会留下来吗？"

"我答应过，"塞拉斯说，"我会一直在这里，待到你长大成人。"

"我已经长大了。"

"不。"塞拉斯说，"快了。但还没有。"

他掏出一张十英镑的钞票，放在桌面上。

"塞拉斯，"阿不说，"那个女孩，斯嘉丽，她为什么那么怕我？"

塞拉斯没有回答。问题飘荡在空气中，男人和年轻的男孩并肩走出明亮的比萨店，走进默默等待的黑暗中。很快，夜色就吞没了他们的身影。

# 8

# 告别与分离

有时候，阿不看不见坟场的亡者了。这是最近一两个月的事，从四月或者五月开始。起初只是偶尔发生，可现在越来越频繁了。

世界在变。

阿不漫步往坟场西北角走，走向埃及步道的尽头，在那里，纠结的常春藤从一棵紫杉树上垂下来，几乎堵住了整个路口。他看见一只红狐狸和一只大黑猫蹲在路中间聊天，黑猫脖子上有一圈白毛，四个爪子也是白的。阿不走过去，它们抬头看了一眼，惊得一下子窜进了灌木丛里，就像干坏事被逮个正着。

奇怪。阿不想。他从那只狐狸还是小崽子的时候就认识它了。至于那只猫，自从阿不记事以来就一直在这个坟场里出没。它们都是认识他的。如果感受到善意，它们有时甚至允许阿不摸一摸。

阿不准备穿过常春藤，却发现自己被挡住了。他弯下腰，用力扒出一个口子，挤了过去。他沿着小路往下走，小心翼翼地避开地上的沟和坑洞，一直走到一块醒目的墓碑前。碑上写着，这里是阿隆索·托马斯·加西亚·琼斯（1837—1905，"旅人卸下了他的行囊"）的长眠之所。

最近几个月，阿不每隔几天就会到这里来一次。阿隆索·琼斯走遍了全世界，有许多旅行故事可以讲给阿不听，他自己也很乐意讲。他总是这么开头："我也没遇到过什么有趣的事情……"然后郁闷地加上一句："我那些事儿都跟你说过了。"可下一秒，他就会眼睛一亮："啊，对了……我有没有跟你说过……？"接下来说的可能是任何内容，比如："那次我从莫斯科逃出来的事？"或者："那次我在阿拉斯加弄丢了一座金矿的事？很值钱的！"又或者："大草原上牛群暴乱的事？"阿不总是摇头，满脸期待地看着他，然后就可以畅游在那些五花八门的故事里了——勇敢无畏的冒险，和漂亮的少女接吻，跟坏人枪战或是刀剑对决，大袋大袋的黄金，拇指那么大的钻石，失落的城市，广袤延绵的山脉，蒸汽机车和帆船，草原、海洋、沙漠、苔原……

阿不走到高大的墓碑前，上面刻着几个倒挂的火炬。他等了等，却没看到有人出现。他大声喊阿隆索·琼斯的名字，甚至敲了敲墓碑的侧面，可还是没有回答。阿不弯下腰，想直接把脑袋伸进墓里去找他的朋友，可这一次，他的头没能像一片影子穿过另一片更深的影子那样穿过坚硬的固体，而是狠狠撞在地上，太疼了。他又叫了几声，还是没人出现，也没听到任何动静，只好再一次吃力地穿过茂密的绿色丛林和杂乱的灰白色石头，回到步道上。路过一株山楂树时，惊起了树上蹲着的三只喜鹊。

一路走来，他再也没有见到任何一个亡者或生灵，直到回到西南面的山坡上，才看到屠夫妈妈熟悉的身影——戴着她那顶高高的帽子，披着斗篷，显得人越发瘦小。她在墓碑之间走来走去，低着头寻找野花。

"过来，孩子！"她招呼阿不，"这边长了些野生旱莲花。你何不帮我采一些，放在我的墓碑上呢？"

阿不走过去，依言采了些红色和黄色的旱金莲，送到屠夫妈妈的墓碑上。这块墓碑历经风霜，早已剥裂得没了模样，上面只剩下一个字还能勉强辨认出来：

笑

本地历史学者为此困扰了一百多年。

阿不恭恭敬敬地把花放在墓碑前。

屠夫妈妈笑了，对他说："你是个好孩子。真不知道没了你我们该怎么办。"

"谢谢您。"阿不说，又问，"其他人在哪儿？您还是我今晚见到的第一个人。"

屠夫妈妈突然定睛瞧着他："你的额头怎么了？"

"撞到琼斯先生的坟墓上了，很硬，我……"

屠夫妈妈抿起嘴，歪了歪头。那双明亮的老眼从她的大帽子底下望过来，细细打量阿不。"瞧我，还在叫你孩子，时间一眨眼就过去了，你已经是个年轻人了，对吧？你多大了？"

"差不多十五岁吧。可我觉得自己还和从前一样……"阿不说。屠夫妈妈打断了他："我还觉得我仍然是个小姑娘呢，还在老牧场上摘雏菊串花环。你还是你，这不会变，但你也一直都在变，这是没有办法的事，你无能为力。"

她在她那块破败的墓碑上坐下来。"还记得你刚来的那天夜里，孩子，我说，'我们不能让这个小家伙离开'，你母亲也同意，可其他人全都开始跟我们争辩。直到最后，那位骑青马的女士来了。'坟场的居民们，'她说，'你们该听屠夫妈妈的话。难道你们的骨头里就没有一丝仁慈与善良了吗？'就这样，所有人都同意了我的意见。"她的声音渐渐低下去，摇了摇她小小的脑袋："在这里，很少有什么特别的事情，每一天都和前一天没什么两样。季节更替，藤蔓生长，墓碑倒下。可是你来了……噢，我很高兴你来了，就是这样。"

她站起来，从袖子里拽出一块脏兮兮的亚麻布，朝上面吐了点口水，然后伸长了胳膊，为阿不擦干净额头上的血迹。"好了，这样看起来应该会体面些。"她严肃地说，"也不知道下次见你要到什么时候了，就这样吧。注意安全。"

阿不有些不知所措，他不记得以前有过这样的感觉。他朝欧文斯夫妇的坟墓走去，很高兴地看到父亲和母亲都在等着他。可再走近一些，高兴又变成了惴惴不安——欧文斯夫妇为什么那样站着？一人一边，分立在坟墓两侧，像彩绘玻璃画上的那些人一样。他看不明白他们的表情。

他的父亲上前一步，说："晚上好，阿不，一切可好？"

"还行吧。"阿不说。这是欧文斯先生被朋友问到这个问题时常用的回答。

"欧文斯夫人和我一辈子都希望能有一个孩子。我相信，无论如何，阿不，我们都不可能拥有比你更好的孩子。"欧文斯先生骄傲地抬头看着他的儿子。

"哦，是的，谢谢您，不过……"阿不转头想找他的母亲，期待她告诉自己，这一切究竟是怎么回事。可她不见了。"她去哪儿了？"

"哦，是啊。"欧文斯先生像是有点不自在，"你知道贝琪的。有些事情……唔，有时候你都不知道该怎么说……你明白吧？"

"不明白。"

"我想塞拉斯应该在等你了。"他的父亲说完便离开了。

午夜已经过了，阿不下山去老教堂。教堂塔顶那棵从排水槽里长出来的树没能扛住上一次的暴风雨，倒下时，还把屋顶上的黑色石板瓦也带了几片下来。

阿不坐在木头长椅上等，可塞拉斯没有出现。

一阵大风刮过。现在是夏天，夜已经很深了。这个季节，天永远不会全黑，空气也总是暖的，可阿不还是觉得胳膊上起了一层鸡皮疙瘩。

一个声音贴在他耳边说："说你会想我的，你这笨蛋。"

"丽萨？"阿不已经一年多没见过这个小女巫了，连声音都没再听到过，上一次还是杰克们来坟场的那个晚上，"你去哪儿了？"

"我在观察。一位女士难道需要把她做的事情全都说出来吗？"

"观察我？"阿不问。

丽萨的声音就贴在他的耳边，说："说真的，活着真是浪费生命。不是谁·欧文斯，我们两个里有一个是大傻子，非要活着。反正不是我。说你会想我。"

"你要去哪里？"阿不问，但还是说了，"我当然会想你，无论你去了哪里……"

"真傻。"丽萨·汉普斯托克的声音对他耳语，他感觉到她摸了摸自己的手。"活着真是太傻了。"她的嘴唇触碰到他的脸颊，然后是他的嘴角。她温柔地吻了他。阿不惊呆了，手足无措，完全不知道该怎么反应。

丽萨的声音说："我也会想你的，永远。"一阵轻风拂乱了阿不的头发——也可能是丽萨的手。然后，阿不知道，长椅上又只剩下他一个了。

他站起来，走到小教堂门口，翻开门廊边的一块石头，取出备用钥匙。这是一位早已去世的教堂司事留在那里的。他根本就没打算再试一下能不能穿门而过，而是直接用钥匙打开了那扇木头大门的锁。门开了，发出不情愿的吱呀声。

教堂里面很黑，阿不发现，自己得眯起眼睛来看东西了。

"进来吧，阿不。"是塞拉斯的声音。

"我什么都看不见，太黑了。"

"已经看不见了吗？"塞拉斯叹了口气。阿不听到一阵天鹅绒摩擦的窸窣声，然后是划火柴的声音。火光亮起，点亮了教堂深处两根巨大的蜡烛，那对蜡烛插在两个很大的木头雕花烛台上。借着烛光，阿不看到他的监护人站在一个硕大的皮箱旁边，是人们说的那种轮船行李箱，大得足够一个高个子成年人蜷起来睡在里面。箱子旁边是塞拉斯的黑色旅行包，阿不见过几次，但再看到还是觉得移不开眼睛。

轮船行李箱周围勾着一圈白边。箱子是空的，阿不伸手进去，摸到了丝绸的衬里，还有干燥的泥土。

"你就是睡在这个里面的吗？"

"离家出远门的时候，是的。"

阿不吃了一惊——塞拉斯在这里已经很久了，从他记事起，甚至在那之前就在。"这里不是你的家吗？"

塞拉斯摇摇头。"我的家在很远的地方，非常远。我是说，如果那里还有人居住的话。我的家乡出了点问题，也不知道现在回去会看到什么。"

"你要回去了？"阿不问。就连永恒不变的东西都在改变了。"真的要走了？可是……你是我的监护人。"

"以前是。不过你长大了，能照顾好自己了。还有其他东西需要我去保护。"

塞拉斯合上那个棕色大皮箱的盖子，开始一个一个地扣上系带和卡扣。

"我不能留在这里吗？留在坟场？"

"不可以。"塞拉斯说，阿不记不起他什么时候曾这么温柔地说过话，"这里的所有人都已经走完了他们的人生，阿不，哪怕有一些很短。现在轮到你了。你得去经历你的人生。"

"我能和你一起吗？"

塞拉斯摇了摇头。

"我还能再见到你吗？"

"也许吧。"塞拉斯的声音里有种仁慈的感觉，还有些其他的东西，"无论你还会不会再见到我，我是一定会再见到你的。"他立起大皮箱，靠在墙边，然后走到教堂另一角的门边。"跟我来。"阿不跟在塞拉斯身后，沿着狭窄的螺旋楼梯下到地窖里。"我自作主张为你准备了行李。"下到底时，塞拉斯解释了一句。

在一堆发霉的唱诗本上放着一个小行李箱，也是皮质的，和塞拉斯自己那个一模一样，只是小一些。"你的东西都在这里面了。"塞拉斯说。

"跟我说说荣耀卫队吧，塞拉斯。你是其中的一员，卢佩斯库小姐也是。还有谁？你们的人有很多吗？你们都做些什么？"

"我们做得还不够多。大部分情况下，我们的职责是守护边界，守护不同领域的交界地带。"

"什么样的边界？"

塞拉斯没有说话。

"你是说，类似阻止男人杰克那样的事吗？"

"我们只是做我们必须做的。"塞拉斯的声音隐约透着疲惫。

"可你们是在做正确的事。我是说，阻止那些杰克。他们很可怕，都是些怪物。"

塞拉斯上前一步，站在阿不面前，以至于这年轻人不得不仰起头，才能看到眼前高个子男人那苍白的脸。塞拉斯说："我并非一直都在做正确的事。在我年轻的时候……我做过比杰克更坏的事，比他们之中的任何一个都坏。那个时候，我才是怪物，阿不，比一切怪物都坏。"

阿不根本没有想过塞拉斯是在说谎或是开玩笑。他知道，塞拉斯说的都是真的。"但你现在不是了，对吗？"

"人是会变的。"说完，他陷入了沉默。阿不不知道此刻的塞拉斯是否还是自己的那个监护人，不知道他是不是回忆起了什么。过了会儿，塞拉斯重新开口："能成为你的监护人，是我的荣耀，年轻人。"他的手缩进斗篷里，再拿出来时，多了一个旧钱包。"这是给你的，拿着。"

阿不接过钱包，但没有打开。

"里面有些钱，够你在那个世界开始生活，但也仅此而已。"

"我今天去找阿隆索·琼斯，可他不在。也可能在，只是我看不见他。我想听他给我讲他去过的那些遥远的地方。海岛和海豚，冰川和高山。那些人们吃穿用度都最最稀奇的地方。"阿不犹豫了一下，接着说，"那些地方，它们还在那里。我是说，外面有一整个世界，我能去看看吗？我能去那些地方吗？"

塞拉斯点点头。"是的，外面有一整个世界。你的行李箱内袋里有一本护照，写着'不是谁·欧文斯'的名字，花了好些工夫才弄到的。"

阿不说："如果我改变主意了，能回这里来吗？"可他自己随即给出了答案："就算回来，这里也只是一个普通的地方了，不再是我的家。"

塞拉斯说："想要我陪你走到大门口吗？"

阿不摇了摇头。"可以的话，我还是自己走吧。呃，塞拉斯，如果你有了麻烦，无论什么时候，记得要找我。我会来帮忙的。"

"我吗，"塞拉斯说，"不会有麻烦的。"

"我也这么觉得，但还是想跟你说。"

小教堂的地窖里黑漆漆的，散发着潮湿、发霉和古老石头的味道，而且，它是第一次显得那么小。

阿不说："我想去看看人生。我想亲手把握它，想在荒岛的沙滩上留下我的足迹，想和别人一起踢足球，我想……"说着说着，他停下来，想了想："我想要一切。"

"很好。"塞拉斯说着抬起手，像是要拂开挡住眼睛的头发，这实在不像他会做的动作，然后说，"如果有一天我遇到麻烦，一定送信给你。"

"或许，不遇到麻烦也可以？"

"如你所说。"

塞拉斯的嘴角动了动，像是要露出一个笑容，又像是有些遗憾不舍，也可能只是阴影的小把戏罢了。

"那么，再见了，塞拉斯。"阿不伸出手，就像他还是个小男孩时那样。塞拉斯也伸出手来——一只冰冷的手，泛着古老象牙的色泽——认真地跟他握了握。

"再见，不是谁·欧文斯。"

阿不拎起那个小小的行李箱，开门走出地窖，沿着平缓的山坡，头也不回地走向那条小路。

坟场关门的时间早就过了。他不知道那道大门现在还能不能让他穿过去，还是说，他得再回教堂来取钥匙。可当他走到大门口时，却发现那扇行人小门没有上锁，大开着，就像在等着他一样，就像是，这座坟场本身也在向他挥手道别。

一个苍白而丰腴的人影在敞开的小门前等他。她抬着头，笑着看他一步步走近，眼中噙着泪水，映出盈盈的月光。

"您好，母亲。"阿不说。

欧文斯夫人屈起一根手指，揉了揉眼睛，又在她的围裙上蹭了几下，轻轻地摇了摇头。

"想好要去哪里了吗？"

"去看世界。"阿不说，"去惹麻烦，再脱身出来。去看丛林、火山、荒漠和海岛，还有人。我想遇见很多很多的人。"

欧文斯夫人没有立刻回答。她抬起双眼注视着阿不，开口唱起歌来。阿不记得这首歌，在他还是个小不点时，欧文斯夫人就给他唱过，是小时候哄他睡觉时哼的歌。

**睡吧我的小宝贝，哦，**
**睡吧，睡得甜又美。**
**等你长大，去看这世界，**
**愿我期盼成真。**

"您的期望会成真的。"阿不轻声说,"我会的。"

> **亲吻一个人,**
> **跳上一支舞,**
> **找寻你的名字**
> **和埋藏的宝藏……**

唱到这里,欧文斯夫人突然记起了最后几句。她把它们唱给儿子听:

> **面对你的人生,**
> **经历痛苦,享受欢愉,**
> **踏遍万水千山。**

"踏遍万水千山。"阿不跟着念,"有点挑战,不过我会尽力的。"

他张开双臂想拥抱他的母亲,就像小时候那样。只是这一次,拥入怀中的只是一团雾气,因为小路上只有他一个人。

他向前一步,跨过那道分隔坟场的门。他仿佛听到一个声音:"我真为你骄傲,我的儿子。"也可能只是幻觉。

仲夏的天空,东方已经微微亮起,那是阿不要去的方向。下山,走向活人的世界,走向城市,走向黎明。

他的箱子里有护照,口袋里有钱。他的唇上笑意浮动,虽然那笑中还带着一丝戒备。毕竟,外面的世界很大,比山上的小坟场大得多。其中有危险,有神秘,有新朋友相识,有老朋友重聚,有许多错等待他去犯,有无数路等着他去走,直到有一天，他会回到坟场，或是与那位女士一起，坐上她那匹大青马宽阔的马背。

然而，在此刻与那时之间，还有人生。阿不正在走进他的人生，带着他睁大的眼睛，和敞开的心。

（全书完）

尼尔·盖曼
Neil Gaiman

1960 年生于英国。幻想小说大师，故事宝库。
纽伯瑞奖、雨果奖、星云奖、世界奇幻奖获奖作家。
写过很多给大人看的作品，如《美国众神》《好兆头》等，
也为孩子精心准备了很多故事，如《假如我有完美妈妈》
《吹牛爸爸的奇幻之旅》《奇迹男孩与冰霜巨人》等。

# 欧文斯的家

作者 _ [英]尼尔·盖曼　　译者 _ 杨蔚

产品经理 _ 杨珊珊　　装帧设计 _ 何月婷　　产品总监 _ 周颖
封面绘制 _ 安布鲁玛　　内文绘制 _ [英]戴夫·麦基恩
技术编辑 _ 白咏明　　责任印制 _ 梁拥军　　出品人 _ 吴涛

营销团队 _ 毛婷　魏洋　马莹玉　成芸姣　张超

果麦
www.guomai.cn

以 微 小 的 力 量 推 动 文 明

**图书在版编目（CIP）数据**

欧文斯的家 / (英) 尼尔·盖曼著；杨蔚译.
天津：天津人民出版社，2024. 10.（2025.1重印） -- ISBN 978-7-201-
20825-1

Ⅰ. I561.84
中国国家版本馆CIP数据核字第2024Q8N837号

THE GRAVEYARD BOOK
by Neil Gaiman
Text copyright © Neil Gaiman, 2008
Illustrations copyright © Dave McKean, 2008
Simplified Chinese translation copyright © GUOMAI Culture & Media Co., Ltd., 2024
Published by arrangement with Writers House, LLC through Bardon-Chinese Media Agency
ALL RIGHTS RESERVED

图字 02-2024-081

## 欧文斯的家

OUWENSI DE JIA

| | |
|---|---|
| 出　　版 | 天津人民出版社 |
| 出 版 人 | 刘锦泉 |
| 地　　址 | 天津市和平区西康路35号康岳大厦 |
| 邮政编码 | 300051 |
| 邮购电话 | 022-23332469 |
| 电子信箱 | reader@tjrmcbs.com |
| 产品经理 | 杨珊珊 |
| 责任编辑 | 康嘉瑄 |
| 装帧设计 | 何月婷 |
| 制版印刷 | 河北鹏润印刷有限公司 |
| 经　　销 | 新华书店 |
| 发　　行 | 果麦文化传媒股份有限公司 |
| 开　　本 | 880毫米×1230毫米　1/32 |
| 印　　张 | 8.5 |
| 印　　数 | 15,001—26,000 |
| 字　　数 | 190千字 |
| 版次印次 | 2024年10月第1版　2025年1月第2次印刷 |
| 定　　价 | 49.80元 |